Die geheimnisvolle Insel

Sabrina Michalek

Herstellung und Verlag:
BoD – Books on Demand, Norderstedt

Umschlaggestaltung: Andra Stahlbaum
Satz und Layout: Marvin Bittner

1. Auflage (2018)

Alle sämtlichen Rechte liegen bei der Autorin Sabrina
Michalek,
Niedersachsen

© 2018 by Sabrina Michalek, Lengede

Quellennachweis
Olga Khoroshunova – Fotolia
Simon Dannhauer – Fotolia

Die Deutsche Nationalbibliothek verzeichnet diese
Publikation in der Deutschen Nationalbibliografie;
detaillierte bibliografische Daten sind im Internet über
dnb.dnb.de abrufbar.

ISBN 978-3-7460-9810-4

MIX
Papier aus verantwortungsvollen Quellen
Paper from responsible sources
FSC® C105338

Die geheimnisvolle Insel

Sabrina Michalek

Inhaltsverzeichnis

Leon kehrt zurück

Inzwischen ist ein halbes Jahr vergangen, seitdem Leon mit Alex und Norman sein großes Abenteuer angetreten war. Gerade saß er an Deck und starrte gedankenverloren aufs Meer hinaus. Immer, wenn er wie jetzt alleine war, drifteten seine Gedanken zu seinem Freund Norman ab, den er sehr vermisste. *Was er wohl gerade macht?*, dachte er. Seit er sich vor einiger Zeit für die Crew von Käptn Snowby entschieden und somit Norman wieder nach Hause geschickt hatte, war er seinem großen Traum ein Stückchen näher gekommen. Schon früher hatte er sich zusammen mit Alex und Norman vorgestellt wie es wäre, auf einem großen Schiff über das Meer zu gleiten. Jetzt war Leon nun auf solch einem Schiff, aber trotzdem fehlte ihm noch eine Kleinigkeit zu seinem vollkommenen Glück - sein Freund. Im Gegensatz zu Norman war Alex ihm egal, da er sie einfach so in Agewood Town im Stich gelassen hatte. Während er noch über seine Freunde nachdachte, ertönte plötzlich ein lauter Knall. Erschrocken schaute er sich um und sah ein fremdes Schiff, neben dem gerade eine große Wasserfontäne empor stieg. Eilig stand Leon auf. Dann ging er mit schnellen Schritten auf den Mann, der neben der Kanone stand, zu. „Was ist hier los? Was sind das für Leute?", fragte Leon. „Keine Ahnung", erwiderte der Mann nur. Plötzlich hörte Leon wie jemand seinen Namen rief. „Leeooooon!", hallte es zu ihm hinüber. „Wartet. Ich glaube, da ist jemand, der mich kennt." „Ein Fernglas. Wir brauchen schnell mal ein Fernglas!!!!" Kurz darauf wurde Leon ein Fernglas in die Hand gedrückt. Aufgeregt schaute er zu dem fremden

Schiff hinüber und sah - Norman. Leon konnte es nicht fassen. Eben gerade hatte er sich noch Gedanken über seinen Freund gemacht und nun stand mit Alex auf einem anderen Schiff, das sich direkt vor ihm befand. Jetzt nahm er das Glas von den Augen und sagte: „Bitte nicht weiter auf das Schiff schießen." Der Mann schaute ihn überrascht an. „Zwei meiner Freunde befinden sich darauf", versuchte er die Situation zu erklären. Daraufhin stellten sie das Schießen ein, sodass das andere Schiff zu ihnen aufschließen konnte. Als es schließlich dicht genug bei ihnen war, wurde ein langes Brett ausgelegt, über das Norman und Alex zu ihm stoßen konnten. „Leon", sagte Alex freudestrahlend. Leon stand emotionslos da und erwiderte nichts. „Hi Norman", erwiderte Leon stattdessen und grinste. „Es ist so schön dich wiederzusehen", sagte Norman und lächelte.

Alex konnte die momentane Situation überhaupt nicht verstehen. Da hatten sich Leon und er eine halbe Ewigkeit nicht mehr gesehen, und er wurde von ihm wie Luft behandelt. *Ist er etwa immer noch wegen meiner Feigheit sauer auf mich?*, fragte er sich. Schließlich nahm er all seinen Mut zusammen und suchte das Gespräch mit Leon. „Sag mal, Leon. Bist du etwa noch sauer auf mich oder warum ignorierst du mich?" Leon wandte sich von Norman ab und schaute ihm direkt in die Augen. Dann antwortete er: „Kann gut möglich sein." „Aber warum? Es ist doch inzwischen soviel Zeit vergangen." Alex hatte nun all seinen Mut zusammen genommen und das klärende Gespräch gesucht. Aber leider blieb seine gewünschte Reaktion aus. *Bloß nicht aus der Haut fahren*, hörte er plötzlich eine innere Stimme, die ihn schließlich zu Vernunft brachte. „Eigentlich hast du ja recht", gab Leon kleinlaut zu. „Aber irgendwie konnte ich bis jetzt nicht vergessen, dass du Norman und mich damals im Stich gelassen hast. Das macht ein bester Freund nicht!" Alex war baff. Damit hatte er jetzt nicht gerechnet. „Außerdem habe ich immer noch nicht vergessen wie du immer versucht hast uns Befehle zu erteilen, obwohl wir alle gemeinsam in dieses Abenteuer gestartet sind", setzte Leon hinzu. „Siehst du das etwa genauso, Norman?" Daraufhin nickte er nur. Die Tatsache, dass Norman ebenfalls so empfand, stimmte Alex sehr nachdenklich. Nun ließ er noch einmal alles review passieren. Je weiter er über das bereits geschehene nachdachte, desto mehr wurde ihm bewusst, dass Leon recht hatte. „Es tut mir leid, dass es so gekommen ist", sagte Alex leise. „Was meinst du genau?", bohrte Leon nach. „Das ich euch im Stich gelassen und euch immer herum kommandiert habe." Leon und Norman schauten sich an und nickten. „Schön, dass du das eingesehen hast", meinte Norman und lächelte breit. „Ja, das finde ich auch", pflichtete ihm Leon bei. „Wieder Freunde?", fragte Alex und begann vor Freude an zu weinen. Nun gingen die beiden auf ihn zu und umarmten sich gegenseitig. Nachdem Alex´ Tränen wieder getrocknet waren, setzte Leon grinsend hinzu: „Aber von nun an werden wir gemeinsam eine Entscheidung fällen, was gemacht wird und was nicht." Auf diese Ansage konnte Alex nur stumm mit dem Kopf nicken. „Hey Leon. Was wird wohl dein Käptn dazu sagen, dass du wieder mit uns losziehen willst?", äußerte Norman seine Bedenken. „Oh, das weiß ich nicht. Aber bestimmt wird er nicht erfreut darüber sein." „Und was ist,

wenn du einfach abhaust, ohne ihm etwas zu sagen?",
schlug Alex vor. „Das kann ich auf keinen Fall machen",
entgegnete Leon entsetzt. „Warum nicht?" „Stell dir mal
das Ausmaß der Katastrophe vor, wenn er wüsste, dass
ich einfach so, ohne ein Wort zu sagen, einfach
abgehauen bin", versuchte Leon seinem Freund die Lage
zu erklären. „Dann solltest du ihm lieber sagen, was
Sache ist", meinte Norman bestimmt. „Aber was willst du
ihm sagen?", fragte Alex unsicher. „Die Wahrheit
natürlich. Oder denkst du, ich werde ihn anlügen? Dann
könnte ich mir genauso gut eine Pistole an den Kopf
halten und abdrücken." „Es wäre wohl für alle das Beste,
wenn du ihm einfach die Wahrheit sagst. Vielleicht würde
er es dir sogar noch hoch anrechnen, dass du ihm soviel
Mut und Vertrauen entgegenbringst", ermutigte Norman
seinen Freund. „Hey. Wo bleibt ihr denn so la......", sagte
Alandra und stockte, als sie Leon sah. Nun kam sie
zusammen mit Mira im Schlepptau auf die drei Freunde
zu. „Ist das etwa -"„Ja, das ist unser Freund Leon", sagte
Alex grinsend. Leon starrte die beiden Mädchen mit
einem fragenden Blick an. „Das ist Alandra unsere
Navigatorin und das Mädchen neben ihr ist eine
Klassenkameradin und Freundin von Norman", stellte
Alex Leon die beiden vor. „Ahhh…schön dich kennen zu
lernen, Leon", sagte Alandra und streckte ihm lächelnd
die Hand zur Begrüßung entgegen. Leon nahm sie
freudestrahlend in seine und schüttelte sie. Danach gab
auch Mira, ein bisschen verlegen, ihm ebenfalls die
Hand. „Sagt mal…..was ist hier eigentlich los?", fragte
Alandra eindringlich. „Leon wollte mal kurz etwas mit
dem Käptn klären." „Wie? Was denn klären?" Kurz darauf
erklärte ihr Alex, was sie eben besprochen hatten. Als er

15

geendet hatte, tauchte auf den Gesichtern der Mädchen ein breites Grinsen auf. „Das ist ja super", sagten sie beide im Chor und begannen zu lachen. „Leute, ich werde jetzt mal die Sache klären gehen. Wir sehen uns", verabschiedete Leon sich und ging davon.

Während Leon sich immer weiter von ihnen entfernte, drehte er sich kein einziges Mal mehr um, da er innerlich spürte, dass er sie gleich wiedersehen würde. In Gedanken versunken schlenderte er den Gang entlang. Dabei merkte er nicht, wie ihm Mirondo entgegen kam. Kurz darauf hörte er ein lautes *Aua* an seinem Ohr, und erschrak. Jetzt sah Leon seinem Freund, den er hier auf dem Schiff kennen gelernt hatte, mitten ins Gesicht. „Was ist denn los mit dir? Du siehst ziemlich nachdenklich aus", stellte dieser fest. Leon blickte zu Boden. Obwohl Mirondo für ihn ein guter Freund geworden war, konnte oder wollte Leon ihm nicht sagen, was er vor hatte. Dann hob er den Kopf und schaute ihm tief in die Augen. „Wenn du mir nicht sagen möchtest, was dich bedrückt, ist es auch okay." Leon meinte darin einen beleidigenden Unterton gehört zu haben. *Vielleicht bilde ich mir das auch nur ein, weil ich damit gerechnet habe,* dachte er. „Weißt du wo Snowby ist?", fragte Leon stattdessen, ohne auf Mirondos Aussage weiter einzugehen. „Das letzte Mal habe ich ihn in unserem Aufenthaltsraum gesehen. Vielleicht ist er ja noch dort. Warum fragst du?" „Ich wollte mit ihm nur etwas klären", entgegnete Leon leise. „Oh, okay." Ohne ein weiteres Wort zu sagen, ging Leon von dannen und ließ seinen Freund stehen. Wie Mirondo ihm prophezeit hatte, fand seine Suche im Aufenthaltsraum ein jähes Ende. Käptn Snowby saß an einen der langen Tische und hatte den Kopf auf die Hände gestützt. Leons Herz begann so schnell zu schlagen, dass es weh tat. Langsam machte er einen Schritt nach dem nächsten, und schließlich erreichte er ihn. „Hallo Leon. Was führt dich denn zu mir? Was ist da oben überhaupt los?", fragte der alte Seemann brummig. Leon zuckte innerlich zusammen. Er hatte großen Respekt vor dem bulligen Mann, der jedem Feind eine Heidenangst einflössen konnte. „Es kam ein fremdes Schiff vorbei", begann er zu erzählen. „Wir haben auf dieses Schiff geschossen…..." „Verstehe. Deswegen wurde es auf einmal so laut", unterbrach Snowby ihn. Leon erstarrte. *Er hat das also gehört?? Oh nein,* schoss es durch Leons Kopf. „Und was war dann? Wurde das fremde Schiff versenkt?", forderte Snowby Leon auf weiter zu sprechen. *Was soll ich ihm nur sagen? Etwa die Wahrheit oder doch lügen?* Schließlich entschied er sich für die Wahrheit. „Wir haben aufgehört zu schießen, ……..weil…...weil…...dort auf diesem…..Schiff…...Freunde von mir…...sind", erklärte er ihm wahrheitsgemäß.

Während Leon mit dem Kapitän redete, blieben Norman und Alex zusammen mit den beiden Mädchen auf dem Deck und fieberten Leon´s Rückkehr entgegen. „Was meinst du. Wird er wieder kommen oder muss er hier bleiben?", fragte Alandra Alex. „Wenn es nach ihm ginge, kommt er. Aber, ob Snowby das zulässt, ist eine andere Frage." Alex´ Blick glitt immer wieder zur Tür hinüber, durch die Leon unter Deck gelangt war. „Ich hoffe sehr, dass er kommt", meinte Norman. Nun blieb den vieren nichts anderes übrig, als zu warten. Alle hofften sehr, dass Leon bald die Treppe empor kommen und mit einem breiten Grinsen auf sie zu schreiten würde.

Leon saß da und starrte den Kapitän verwundert an, der auf einmal lauthals zu lachen begann. Während ihrer ersten Begegnung, als er mit Norman und Alex eines nachts ins Schiffsinnere eingedrungen und sie dort von diesem Mann erwischt worden waren, hatte er ebenfalls so laut gelacht. Schon damals war ihm ein kalter Schauer über den Rücken gelaufen. „Sag nicht, dass du mit deinen Freunden abhauen willst", stellte Snowby fest. *Was? Aber woher hat......*, dachte er panisch. „Ich habe also recht!?" Es war mehr eine Feststellung, als eine Frage. Leon konnte ihm nicht ins Gesicht schauen, so ertappt fühlte er sich. Dann erwiderte er jedoch: „Ja, es stimmt." Nun herrschte im Aufenthaltsraum Totenstille. Beide saßen nur da und sagten kein Wort. „Es ist echt schade, dass du uns verlassen möchtest, Leon", durchbrach Snowby die Stille. Leon schaute zu ihm hinauf. *Was hat er da gesagt?* Er konnte es kaum glauben, was er eben aus dem Mund des Käptn gehört hatte. „Aber wie das Leben so will, wird jeder, egal ob als Teenager oder Kind, einmal groß und möchten die Welt alleine erkunden", sagte er und seufzte laut. Leon saß immer noch wie versteinert da und wusste nicht, was er darauf erwidern sollte. Auf einmal war der alte Mann so anders - verständnisvoll. Schließlich konnte er sich aus seiner Versteinerung lösen und entgegnete: „Es war schon immer mein Traum gewesen, einmal mit einem Schiff über das Meer zu segeln und Abenteuer zu erleben. Mit Ihnen ist das nun Wirklichkeit geworden." Snowby nickte nachdenklich mit dem Kopf. Nun tat er etwas, womit Leon niemals gerechnet hatte. Snowby zog eine kleine Pistole aus seinem Mantel und legte sie vor ihm auf den Tisch. Leon blickte mit ängstlichem Blick darauf und spürte, wie sich Schweißperlen auf seiner Stirn bildeten. „Du kannst damit keinen erschießen, Junge", sagte er und lachte. Erneut bebte der Raum durch sein lautes Gelächter. „Dies ist eine Leuchtpistole. Wenn du sie abfeuerst, erglimmen rote Funken am Himmel." „Aber…...wofür…", stammelte er vollkommen perplex.

Vor dem Aufenthaltsraum stand Mirondo und drückte sein Ohr ganz fest an die Tür, um dem Gespräch zu lauschen. Er konnte zwar nicht alles verstehen, aber dennoch konnte er sich zusammenreimen, was gerade zwischen Leon und seinem Käptn dort drinnen vor sich ging. In diesem Moment kam einer seiner Kameraden vorbei. „Hey du." „Was ist?", fragte er. „Ich glaube, unserer kleiner Leon verlässt uns." „Was? Echt?" „Ja, sieht wohl so aus", erwiderte Mirondo seufzend. „Trommel alle mal zusammen. Er soll von uns wenigstens einen gebührenden Abschied bekommen", befahl er und grinste. „Alles klar!" Dann lief der Junge von dannen, um die Mannschaft auf dem Deck zu versammeln.

„Du bist in der Zeit, die du hier bei uns auf dem Schiff verbracht hast, wie ein Sohn für mich geworden. Deswegen möchte ich dir die Chance geben, wieder zu uns an Bord zu kommen, sobald du und deine Freunde das erledigt habt, was ihr schon immer machen wolltet", erklärte er. Leon saß da und schaute seinen Käptn mit großen Augen an. *Ich und sein Sohn?*, fragte er sich.

Plötzlich wurde er von seinen Gefühlen überrannt und begann zu weinen. Snowby saß einfach nur da und ließ es geschehen. Nachdem Leon sich einigermaßen gefasst hatte, sagte er: „Ich......bin......Ihnen für alles unendlich dankbar..." „Ist schon gut, Kleiner", unterbrach ihn Snowby. „Mein Angebot steht. Nimmst du es denn auch an?" „Ja, aber natürlich", erwiderte Leon überschwänglich. Dann nahm er freudig die Pistole entgegen. Er war sehr stolz darauf zu dieser Crew gehört zu haben und von Snowby so ein Geschenk zu bekommen, das für ihn ein Zeichen des Vertrauens war. „Ich denke, du solltest dich langsam mal auf den Weg zu deinen Freunden machen. Womöglich denken sie noch, dass ich dir etwas Schreckliches angetan habe, wenn du jetzt nicht bald zu ihnen kommst", sagte Seemann Snowby und lächelte ihn herzlich an. „Ja." Nun stand Leon auf, drückte seinen Käptn zum Abschied und ging zur Tür. Bevor er jedoch den Raum für immer verließ, drehte er sich nochmal um und sagte: „Vielen Dank für alles!" Dann öffnete er die Tür und trat hinaus. Auf dem Gang war keiner zu sehen. Nun ging er mit selbstsicheren Schritten zu seiner Kabine, um seine Sachen zu packen. Endlich würde er das große Abenteuer mit seinen Freunden fortsetzten können. Als Leon schließlich an seiner Kabine ankam, öffnete er die Tür und entdeckte Mirondo, der auf seinem Bett saß und tief in einem Buch versunken war. „Hey. Da bist du ja wieder. Und hast du ihn gefunden?", fragte er. „Ja, habe ich, danke", erwiderte Leon kurz angebunden und kletterte nun auf sein Bett, um von dort seine letzten Dinge mit in den bereits prall gefüllten Rucksack zu packen. „Was wolltest du eigentlich vom Käptn?", fragte

Mirondo ihn, obwohl er schon zu wissen glaubte, was Leon vor hatte. „Ach, nichts besonderes. Ich wollte einfach nur mal mit ihm reden", antwortete Leon beiläufig. Nun musste er nur noch den Reißverschluss seines Rucksacks schließen, und dann war er von hier für immer fort. „Hey…..was ist das denn hier?" „Hm?" „Na, diese Pistole hier. Sag nicht, du willst damit jemanden erschießen", sagte Mirondo. „Wo hast du die überhaupt her?" „Ach, die habe ich irgendwo gefunden", log Leon. Auch, wenn Mirondo sein bester Freund war, wollte er ihm partout nicht alles erzählen. Mirondo hingegen hatte sich bereits eigene Gedanken zu der Pistole gesponnen und fragte daher nicht weiter. Nachdem Leon nun alles verstaut hatte, schulterte er seinen Rucksack und sagte: „Ich danke dir vielmals für deine wunderbare Freundschaft, Kumpel. Vielleicht sieht man sich ja mal irgendwo wieder." Mirondo schaute ihn mit großen Augen an. „Wie? Was soll das? Haust du jetzt etwa einfach so ab?" Leon nickte nur. Mirondos Blick wurde traurig. „Aber warum??" „Ich weiß nicht. Es ist nur so ein Gefühl, aber vielleicht muss ich mal weg von hier und einfach mal mein Leben richtig leben." „Hm…..ja", meinte Mirondo leise. „Dann lass dich wenigstens zum Abschied umarmen." Jetzt stand er auf, ging auf ihn zu und umarmte Leon freundschaftlich. „Pass auf dich auf", flüsterte er Leon ins Ohr. Dann verließ Leon Mirondo, um sich auf den Weg zu seinen Freunden zu machen. Nun schlenderte er den Gang entlang, der zur Treppe führte, die ihn wieder an Deck brachte. Plötzlich drangen eine Menge Stimmen an sein Ohr, die vom Deck zu kommen schienen. Je höher er stieg, desto lauter wurden sie. Dann war er schließlich an Deck, und auf einmal brach ein großer Jubelschrei los. „Leon, Leon", hörte er von überall seinen Namen rufen. Leon schaute sich um. Er wusste nicht, was er sagen sollte. Überall standen seine Kameraden und jubelten ihm zu. Bei näherer Betrachtung konnte er sogar Tränen in manchen Gesichtern ausmachen. *Was machen die alle hier?*, fragte er sich überrascht. „Wir werden dich vermissen, Leon", drang eine Stimme zu ihm hinüber. Leon drehte seinen Kopf hin und her. Das gesamte Deck war mit Piraten belagert, die ihm allesamt zuwinkten. Auf einmal entdeckte er eine große Gestalt, die über den ganzen Leuten zu schweben schien: Es war Käptn Snowby. Er stand mit dem Rücken zur Sonne, die ihn noch angsteinflößender aussehen ließ, als er eh schon war. Dann steckte Snowby seinen Arm - die Hand zur Faust geballt - empor. Leon konnte etwas in seiner Hand herumflattern sehen, das wie ein Tuch aussah. Und auf einmal erkannte Leon, was Snowby in der Hand hielt. Es war eine kleine Nachbildung der Piratenflagge. Plötzlich rannen Leon Tränen des Glücks an seinem Gesicht herunter. Nun nahm Leon sein Kopftuch ab und streckte es ebenfalls in die Höhe. Kurz darauf ließ er seine Hand wieder sinken. Nach einem letzten Blick in Richtung Snowby, schritt er von dannen. Abermals ertönte ein tosender Applaus. Jetzt war Leon bereit seinen eigenen Weg gehen.

Der Entschluss

Eines Abends saß Valery Nightmore (Alex´ Mutter) in ihrem Sessel vor der Fernseher und starrte auf die Mattscheibe. Seitdem ihr Sohn wie vom Erdboden verschluckt war, war es in dem Haus sehr still geworden. Keiner tobte mehr herum oder rief „Mama". Es waren schon fast zwei Wochen vergangen und es gab noch kein Lebenszeichen von ihm. Auch die Polizei hatte sich seit längerer Zeit nicht mehr gemeldet. Dabei hatte sie sie ausdrücklich darum gebeten, sie auf dem Laufenden zu halten, falls es etwas Neues gibt. Seufzend stand sie auf und ging in die Küche, um ihre Tasse wieder mit Kaffee zu befüllen. Dann ließ sie sich wieder in den Sessel sinken. Gerade, als sie sich einen Schluck Kaffee genehmigen wollte, klingelte das Telefon. Hastig stellte sie ihre Tasse neben sich auf den Tisch und sprintete zum Telefon, das auf einer kleinen Kommode stand. „Nightmore", meldete sie sich. „Spreche ich dort mit Frau Nightmore?", fragte eine sanfte Frauenstimme am anderen Ende der Leitung. „Ja, die bin ich", erwiderte Valery. „Das ist ja wunderbar. Ich bin Sarah Greeman. Die Mutter von Norman." „Oh, hallo." Valery war verblüfft. Noch nie hatte eine Mutter eines Klassenkameraden von Alex sie angerufen, geschweige denn sprechen wollen. „Haben Sie etwas von der Polizei gehört, Frau Greeman?" „Nein, leider nicht. Sie etwa?" „Nein, auch nicht." Ein betretendes Schweigen trat ein. Dann sagte Frau Greeman: „Norman war vor einiger Zeit hier. Er hat uns erzählt, was passiert ist." „WAS SAGEN SIE DA???", schrie Valery in den Hörer. „Bitte schreien Sie doch nicht so." „Entschuldigen Sie bitte. Ich wollte nicht so laut werden." „Ist schon in Ordnung." „Danke. Sie sagten gerade, dass Ihr Sohn Norman bei Ihnen war und alles erzählt hat? „Was hat er denn gesagt?" Nun berichtete Frau Greeman, was Norman, Leon und Alex bis zu diesem Zeitpunkt erlebt hatten. „Haben Sie das auch Leons Mutter erzählt?", erkundigte sich Valery. „Ja, natürlich habe ich ihr das erzählt. Sie war am Telefon ganz außer sich vor Sorge und hatte ein schlechtes Gewissen, weil sie und ihr Mann nicht vernünftig auf die Kinder aufgepasst haben." „Können Sie sich vorstellen, wo die Kinder momentan sind?", bohrte sie nach. „Nein, ich habe überhaupt keine Ahnung", antwortete sie. „Den einzigen Anhaltspunkt, den wir haben, ist die Herberge, wo die fünf Urlaub gemacht haben. Ach ja, und eine nicht weit entfernte Bucht, wo sie auf das Piratenschiff gestoßen sind." Dann wurde es abermals still im Raum. Das einzige Geräusch, das man vernahm, war ein Rascheln aus dem Telefon. Jeder hing seinen eigenen Gedanken nach. „Ich danke Ihnen vielmals für Ihren Anruf, Frau Greeman," durchbrach Valery die Stille. „Ist doch kein Problem. Schließlich vermissen Sie Ihren Sohn genauso wie mein Mann und ich." „Falls ich etwas Neues haben sollte, melde ich mich natürlich bei Ihnen." „Danke sehr." „Ich wünsche Ihnen und Ihrem Mann einen schönen Abend", sagte Valery und legte auf. *Das gibt es doch nicht. Alex, wo bist du?,* dachte sie und starrte auf das Telefon. In Gedanken versunken, schlurfte sie zu ihrem Sessel zurück und setzte sich. Jetzt schaltete sie den Fernseher aus und nahm ihre Kaffeetasse in die Hand. Wie in Zeitlupe nahm sie einen Schluck von ihrem bereits lauwarmen Kaffee und überlegte fieberhaft, wo ihr Sohn stecken könnte. *Sie haben an der Nordsee Urlaub gemacht. Wo haben sie geschlafen? Ach ja, in einer Herberge direkt am Wasser,* hämmerte es durch ihren Kopf. Schließlich trank sie ihren Kaffee vollends aus und ging zu Bett.

Am nächsten Morgen stand sie wie immer früh auf. Aber heute war es irgendwie nicht wie sonst. Valerys Gedanken waren nicht bei ihrem Arbeitsplatz, sondern bei ihrem Sohn, den sie um jeden Preis finden wollte. Entschlossen trat sie an die Kommode im Wohnzimmer heran, nahm den Hörer von der Gabel und wählte die Nummer ihres Chefs. Nachdem sie das Gespräch beendet hatte, legte sie erleichtert auf. Zu ihrem Glück zeigte ihr Chef für ihre momentane Situation Verständnis. Somit konnte sie jetzt mit einem guten Gewissen ihre Sachen für eine ungewisse, lange Reise packen, in der Hoffnung, ihren geliebten Sohn wiederzufinden.

Mit seinen Tränen kämpfend, durchschritt Leon die Menge und stieß schließlich wieder zu seinen Freunden. „Was für ein Abgang", sagte Alex breit grinsend zur Begrüßung. „Ja. Die Leute dort sind echt die Wucht", entgegnete Leon und wischte sich ein paar letzte Tränen aus seinem Gesicht. „Schön, dich endlich bei uns zu haben", sagte Norman fröhlich. „Ja, ich bin auch sehr froh darüber wieder bei euch zu sein. Obwohl es bei Snowby doch gar nicht so schlecht war", meinte Leon und schaute sehnsüchtig zum Schiff hinüber. Kurz darauf sah er, wie zwei seiner ehemaligen Kameraden den Holzsteg einzogen und sich zur Weiterfahrt bereit machten. „Ich denke, wir sollten jetzt mal hinunter gehen und dem Rest unser neues Mitglied vorstellen", schaltete sich Alandra plötzlich ein. „Ja, du hast recht", stimmte

Alex ihr zu. „Dann kommt mal mit." Während Alandra, Mira und Norman zielstrebig unter Deck gingen, ließ sich Alex zurück fallen. „Ich bin so froh, dass du wieder bei uns mitmachst. Ohne dich war es nur halb so schön", sagte Alex fast flüsternd. „Ja, ich auch, obwohl ich die Crew von Snowby doch ein bisschen vermisse. Aber warum sprichst du so leise?" „Äh...eigentlich wollte ich dir was erzählen, aber das kann ich ja auch machen, wenn die anderen dabei sind." „Okay....." Als Alex und Leon gerade unter Deck gehen wollten, hörten sie plötzlich ein lautes Geräusch. Prompt drehten sich die beiden um. Das laute Geräusch schien von einem großen Horn zu kommen, das aussah, als würde es über der Reling schweben. Leon schaute nun genauer hin und sah - Mirondo. Abermals wurden seine Augen feucht. Dann sprintete Leon zur Reling und schrie so laut er konnte: „Ich werde euch nie vergessen!!" Wenig später setzte sich das andere Schiff in Bewegung, und bald darauf war es nur noch ein kleiner Punkt am Horizont. „Komm, lass uns zu den anderen gehen. Sie warten sicherlich schon ganz gespannt auf dich", sagte Alex, der zu ihm getreten war und legte ihm nun eine Hand auf die Schulter. Leon seufzte. Nachdem er einen letzten Blick aufs offene Meer geworfen hatte, begab er sich mit ihm zu den anderen. Als sie unten ankamen, steuerte Alex Leon direkt auf eine Kabine zu, dessen Tür einen Spalt auf stand und Gesprächsfetzen heraus drangen. Leon schaute mit großen Augen auf ein kleines Messingschild, das in der Kabinentür eingelassen war. Darauf konnte er in klaren Buchstaben *Kapitän Alexander Nightmore* lesen. „Wahnsinn!!!", rief Leon ganz begeistert aus. „Du bist Käptn dieses Schiffes???" „Ja", antwortete er leise.

„Aber wie versprochen, werden wir zu dritt unsere Entscheidungen treffen", sagte Alex. Daraufhin erschien ein breites Lächeln auf Leons Gesicht. Plötzlich verstummten die Gespräche, als die beiden die Kabine betraten. In der Kabine befanden sich drei Betten, die zur Tür ausgerichtet waren. Außerdem befand sich links neben der Tür ein großer Holzschrank sowie ein großer runder Tisch, der direkt vor den Betten platziert war und an denen jetzt Alandra, Mira und Norman Platz genommen hatten. „Da seid ihr ja endlich", begrüßte Norman die beiden Ankömmlinge. „Wir dachten schon, ihr wärt auf dem Weg zu uns umgedreht", scherzte Alandra augenzwinkernd. „Was war das eigentlich für ein Krach vorhin? Hat da etwa jemand in ein Horn geblasen?", wandte Mira sich an die beiden. Leon nickte nur. Anschließend nahmen Alex und Leon an dem großen Tisch Platz. Einige Zeit lang sagte keiner etwas. „Was wolltest du mir eigentlich sagen?", flüsterte Leon Alex ins Ohr. Alex schaute ihn verwundert an. Dann sagte er etwas lauter: „Ich muss euch unbedingt etwas mitteilen, das ich auf keinen Fall für mich behalten kann und auch nicht möchte." Alle im Raum schauten ihn gespannt an und fragten sich, was er wohl zu erzählen hatte. „Als wir, dass heißt Alandra, Donkano und ich ein weiteres Mal in Agewood Town waren, hat mir ein Geist namens Ramonya etwas überlassen, das wir aus den Klauen einer Organisation wiederbeschafft haben." Leon, Norman und Mira schauten ihn mit großen Augen an. „Was ist denn?", fragte Norman mit vor Aufregung zittriger Stimme. Daraufhin ging Alex zu seinem Bett hinüber und holte etwas aus seinem Rucksack. Danach kam er wieder zurück und legte den Gegenstand in die

Mitte des Tisches. Vollkommen verwundert schauten alle (außer Alandra) das Amulett an, das nun vor ihnen lag und fragten sich, was es damit auf sich hatte. „Dieses Ding hier soll dir ein Geist überlassen haben?", fragte Leon ungläubig. „Äh..ja", erwiderte Alex. „Das klingt wirklich ein bisschen märchenhaft", setzte Mira hinzu. „Es ist aber so", sagte Alex verzweifelt. Er musste sie um jeden Preis davon überzeugen. „Wenn das wahr ist, würde ich gerne wissen, warum der Geist das gemacht haben soll", wandte Leon ein. „Vor allem, was er damit bezweckt hat." „Zeig ihnen doch, was es kann", erklang plötzlich eine weibliche Stimme ganz dicht an Alex´ Ohr. Panisch schaute er sich um. Doch niemand war zu sehen. Weder Norman noch Leon oder eines der beiden Mädchen, hatte etwas gesagt. *Was ist nur los mit mir? Werde ich etwa verrückt?*, dachte er. „Nein, du wirst nicht verrückt. Ich bin es doch nur, Ramonya." „Du? Aber....." „Was faselst du da?", fragte Leon und schaute ihn an, als sei er verrückt. „Was? Wovon redest du?" „Na, von dem, was du eben vor dich hingenuschelt hast", entgegnete Leon und schaute Alex mit jeder weiteren Sekunde, in der er nichts darauf sagte, immer verwirrter an. *Habe ich etwa....* „Ja, das hast du", antwortete Ramonya, ohne ihn auch nur ausreden zu lassen. „Erzähl ihnen doch von mir. Vielleicht verstehen sie dann ja dein merkwürdiges Verhalten", schlug das Mädchen vor. *„Meinst du echt?"* „Ja, warum denn nicht. Vielleicht geht es dir danach besser." „Ich muss euch noch etwas sagen....." „Da bin ich ja aber mal gespannt, was jetzt wieder für eine lustige Story kommt", sagte Alandra, die ihn ebenfalls für verrückt zu halten schien. „Ramonya ist hier!" „Was? Wer ist hier?", fragten alle ungläubig im Chor. „Na, der Geist, von dem ich euch eben erzählt habe", antwortete Alex. „Mann, Alter. Hör auf mit dem Mist und komm wieder zu dir", sagte Leon nun etwas verärgert. „Warum glaubt mir denn hier keiner?" Er war der puren Verzweiflung sehr nahe. „Wir würden dir ja gerne glauben. Aber wie können wir etwas bestätigen, das wir gar nicht sehen?" Daraufhin folgte ein stummes Nicken. *Ramonya, warum können sie dich nicht sehen, aber dafür ich?"*, wandte er sich an den Geist. „Vielleicht, weil sie noch gar nicht an Phänomene wie Geister glauben. Außerdem kennen mich noch gar nicht", erwiderte sie trotzig. „Wir dagegen haben uns damals in einer Situation getroffen, in der es unvermeidbar war, sich nicht zu zeigen. Und außerdem hast du durch dein handeln ja bewiesen, dass du vertrauenswürdig bist." *Ich danke dir, dass du es so siehst.* Alex war überglücklich. Jetzt konnte er hoffentlich die anderen davon überzeugen, dass das alles kein schlechter Scherz war. „Ich habe mit Ramonya gesprochen", begann er zu erzählen. „Und was hat sie gesagt?", warf Leon ein. „Sie wird sich euch erst offenbaren, wenn sie sich euch gegenüber sicher fühlt." „Okay. Aber......" „Ich denke, wir sollten es dabei belassen und unseren Alex in der Sache nicht noch mehr quälen", preschte Alandra plötzlich dazwischen. „Außerdem werden wir sie bestimmt früher oder später eh sehen und kennen lernen." Alex schaute dankbar zu ihr hinüber. „Da stimme ich Alandra voll und ganz zu", mischte sich nun auch Mira in die Diskussion ein, um wieder für ein bisschen Ruhe in der Runde zu sorgen. Alex nickte ihr dankend zu, während Alandra ihm lächelnd zuzwinkerte. „So. Und wie soll es nun weiter gehen?", fragte Leon etwas ungeduldig. „Zeig ihnen, was das Amulett in Wirklichkeit ist", ertönte Ramonyas Stimme abermals in seinem Kopf. *Aber wie?* „Reibe es an deinem T-Shirt entlang", antwortete sie eindringlich. Ohne zu zögern nahm er das Amulett an sich und rieb es wie geheißen an seinem T-Shirt. Leon, Norman und die beiden Mädchen beäugten das Geschehen mit großer Verwunderung. Plötzlich erhitzte sich das Schmuckstück und begann zeitgleich in einem hellen Weiß zu erstrahlen. Damit alle das Schauspiel sehen konnten, streckte Alex seinen Arm aus und ließ es über dem Tisch baumeln. Auf einmal begann das Amulett Bilder von einem unbekannten Ort an die Wand zu projizieren. Ganz langsam ließ er das Amulett auf das Holz sinken, damit auch keinem etwas verborgen blieb. „Wow….", kam es aus Leons Mund. „Was geht hier vor?", fragte Norman vollkommen gebannt von diesem Anblick. „Ich weiß es nicht", gestand Alex. *„Was zeigt uns dieses Amulett?"*, wandte sich Alex erneut an Ramonya. „Es zeigt die Ruinen meiner ehemaligen Heimat." Alex konnte nicht glauben, was er da eben gehört hatte. Dann schaute er einmal genauer hin und sah, dass alle Gebäude, die dort gezeigt wurden, allesamt mit Schilf überzogen waren. Je länger er darauf starrte, desto mehr zitterte er innerlich vor Aufregung. Diese Gebäude waren nicht nur irgendwelche Gebäude für ihn, sondern welche, die um jeden Preis erkundet werden wollten. *„Warum sind die Gebäude allesamt mit Schilf überzogen?"*, erkundigte Alex sich. „Weil sie in einer anderen Welt liegen, wo das Klima ganz anders ist, als hier", antwortete sie. Er wusste nicht warum, aber Alex spürte, dass Ramonya die Wahrheit sagte. „Kannst du uns jetzt bitte mal verraten, was das alles zu bedeuten hat?", schaltete sich Leon in seine Gedanken. Sein Tonfall hörte sich jetzt gereizter an, als zuvor. „Diese Gebäude, die ihr dort seht, ist die alte Heimat von Ramonya." „WAS???", riefen sie im Chor. Dann berichtete Alex, was er von Ramonya erfahren hatte. „Aber warum hat man dir das Amulett überlassen, wenn es doch die alte Heimat des Geistes zeigt, der mehr damit verbunden ist, als du?", stellte Alandra die Frage, die Alex sich ebenfalls schon gestellt hatte. „Alex, da du unser Familienerbstück aus den Fängen des Bösen entrissen hast, möchte ich dir hiermit meine Loyalität dir gegenüber beweisen und dir etwas schenken", klärte sie ihn unaufgefordert auf. Alex war buff. Damit hätte er nie im Leben gerechnet. „Sie möchte mir das Familienerbstück überlassen, weil ich es aus den Fängen des Bösen befreit habe. Außerdem möchte sie mir damit auch etwas schenken", berichtete Alex den anderen. „Das.......Das ist ja.....echt unglaublich", sagte Alandra verblüfft. Alex merkte, dass es jedem anderen ebenfalls so erging wie ihm selber. Keiner hätte jemals mit so einem großen Geschenk gerechnet. „Und was ist jetzt unser Plan?", fragte Norman, um zum eigentlichen Thema zurückzukehren. „Gut, dass du das ansprichst", sagte Alex und ging ein weiteres Mal zu seinem Bett hinüber. Dort wühlte er eine Weile in seinem Rucksack herum, bis er schließlich fündig wurde und mit einem zusammengerolltem Papier wieder an den Tisch trat. „Das hier", begann er stolz. „Ist eine Karte, die ich aus einem Leuchtturm in Agewood Town mitgenommen habe." Neben ihm richtete sich Leon auf, um ja nichts zu verpassen. „Du hast die Karte echt aus einem alten Leuchtturm? Aber wie..?", fragte Mira beeindruckt. „Na ja...." Noch immer, obwohl inzwischen schon einige Zeit vergangen ist, war es ihm sehr unbehaglich über sein Abenteuer im Leuchtturm zu reden, da er dafür seine Freunde im Stich gelassen hatte. „Sie lag dort einfach so auf einem Tisch", meinte er schließlich. „Ich habe sie mir einfach genommen." „Und du wurdest dabei nicht erwischt?" „Nein." „Das heißt also, dass wir diese Schatzkarte und das Amulett, das uns in eine andere Welt bringen soll, haben?", stellte Alandra fest. Alex nickte. „Sehr gut. Dann ist ja alles klar. Zuerst holen wir uns den Schatz, was immer es ist und dann begeben wir uns auf in eine andere Welt!" „Jaaa!!!", riefen sie und reckten die Fäuste in die Luft. Inzwischen war die Sonne ganz untergegangen, sodass sie das Licht einschalten mussten. „So, da alles geklärt ist, können wir ja zu den anderen gehen und ihnen Leon vorstellen", schlug Alex vor. „Ich denke, dass kann bis morgen warten", sagte Alandra bestimmt. „Okay.....", erwiderte er trotzig. Nun stand Alandra auf und ging zur Tür. Dort drehte sie sich ein letztes Mal zu ihnen um und sagte: „Wir sollten uns jetzt eine Runde aufs Ohr hauen, damit wir für unseren großen Tag gerüstet sind. Gute Nacht, Jungs." Dann öffnete sie die Tür und war verschwunden. Kurz darauf verließ auch Mira den Raum. Nun saßen die drei Jungen wieder alleine am Tisch und schauten sich schweigend an. „Ist ja echt schon eine Wucht, was wir bereits erlebt haben", unterbrach Leon die Stille. „Ja, da sagst du was. Vor allem, dass wir getrennt waren, hätte ich nie für möglich gehalten", stimmte ihm Alex zu. „Die Lehrer nannten uns immer *Die Unzertrennlichen*", scherzte Norman. „Und jetzt waren wir wirklich mal getrennt. Echt unglaublich, nicht?" Leon richtete seinen Blick auf Alex und sagte: „Die Trennung haben wir nur ihm zu verdanken." Bei diesen Worten wurde ihm zum ersten Mal so richtig bewusst, was er mit seiner damaligen Flucht eigentlich angerichtet hat. „Aber ich bin auch sehr froh darüber, dass wir uns wieder gefunden haben. Ansonsten wäre unser gemeinsamer Aufbruch um sonst gewesen", setzte Leon hinzu und knuffte seinen Freund in die Seite. „Ich danke dir, dass du es jetzt so siehst", sagte Alex zu Leon gewandt und lächelte leicht. „So, ich mache mich dann mal auf ins Bett. Ihr könnt ja gerne noch eine Runde plaudern", sagte Leon schließlich, stand auf und ging zur Tür. „Hey, wo willst du hin?", fragte Norman ganz perplex. „Na, schlafen gehen, was denn sonst?" „Aber du schläfst doch hier bei uns. Warum willst du denn weg?", fragte Alex ebenso überrascht. „Äh....." „Na, komm schon her. Schließlich sind wir drei ja Freunde, und außerdem regeln wir doch jetzt alles gemeinsam", sagte Norman. Leon war überglücklich darüber, wieder so herzlich aufgenommen worden zu sein. Mit einem breiten Grinsen auf den Lippen, ging er auf das Bett zwischen Alex und Norman zu. Dort ließ er sich seufzend rücklings auf das Bett fallen. „Was uns wohl auf dem Weg zum Schatz erwartet?" „Keine Ahnung", entgegnete Alex, der sich nun in einem Pyjama in seine Decke einmummelte. „Ich würde sagen, dass wir uns keine allzu großen Gedanken machen sollten, was passiert oder nicht. Am Ende entscheidet eh das berühmte Schicksal über das Ausgehen des Abenteuers", meinte Norman. Die beiden schauten ihn belustigt an. „Was für ein Poet." Daraufhin erfüllte ein herzhaftes Lachen den Raum. „Apropo Schicksal. Sind wir nicht die Helden einer Geschichte, die einfach mal so von zu Hause ausgerissen sind, um Abenteuer zu erleben?" „Ja, schon. Aber worauf willst du hinaus?", fragte Alex Leon mit hochgezogener Augenbraue. „Na, überlegt doch mal. Wir drei sind von zu Hause ausgerissen. Das heißt, dass unsere Eltern nichts von unserem Verbleib wissen. Was sagt uns das?" Norman und Alex grübelten vor sich hin. „Ahhhh ich hab es", rief Norman laut aus. „Was?", fragte Alex der auf der Leitung zu stehen schien. „Na, unsere Eltern werden bestimmt nicht tatenlos zusehen und sich schließlich auf die Suche machen", meinte Norman nur. Leon nickte zur Bestätigung mit dem Kopf. „Genau. Das ist nämlich auch mein Gedanke bei der ganzen Sache. Ich denke nicht, dass sie seelenruhig zu Hause sitzen und ihr Leben so weiter fristen wie bisher", stellte Leon klar. „Meinst du etwa, dass sich meine Mum, deine sowie Normans Eltern auf die Suche nach uns begeben?", fragte Alex erstaunt. „Das kann ich nicht zu 100% bejahen, aber mit Sicherheit haben sie schon die Polizei über unser Verschwinden informiert." „Moment mal.....wie lange sind wir schon von zu Hause weg? Zwei Wochen?" „Kann gut hinkommen. Aber du Norman", wandte sich Leon an ihn. „Du warst ja zwischenzeitlich wieder zu Hause." „Ja, stimmt", entgegnete dieser. „Wie haben deine Eltern eigentlich auf dich gewirkt?", wollte Alex aufgeregt wissen. „Ganz normal, denke ich. Ich bin ja wieder wie immer zur Schule gegangen. Da hatten sie ja auch keinen Grund sich im entferntesten Gedanken darüber zu machen, dass ich irgendwann wieder abhauen könnte." „Was du letztendlich doch getan hast", wandte Leon ein und grinste ihn an. „Meint ihr, die Polizei oder unsere Eltern finden uns?", fragte Norman leise. „Hmm...ich denke, wenn ja, dann nicht sofort", antwortete Alex. „Schließlich sind wir ja irgendwo auf dem weiten

Ozean. Und bis die das mitbekommen haben, sind wir weitere Meilen voraus." „Leute. Wir sollten uns darüber nicht mehr so viele Gedanken machen und eine Mütze Schlaf nehmen", sagte Leon. Dann verließ er sein Bett, ging zum Lichtschalter und knipste das Licht aus. „Gute Nacht, Jungs." „Gute Nacht", ertönte es von beiden Seiten. Dann schlief einer nach dem anderen ein.
Morgen begann ihr nächstes, gemeinsames Abenteuer, das sie niemals vergessen werden, und Leon sollte mit seiner Vermutung recht behalten.

Die Suche beginnt!

Nachdem Valery all ihre Sachen, die sie für ihre Unternehmung brauchen würde, zusammengeklaubt hatte, vergewisserte sie sich abermals, ob alle Lichter ausgeschaltet sowie alle Stecker von den Elektrogeräten ausgestöpselt waren. Als sie sich schließlich zu 100% sicher war, schaute sie sich zum letzten Mal im Haus um, bevor sie es für eine ungewisse Zeit verließ. Valery war gerade im Begriff die Türklinke hinunter zu drücken, als ihr plötzlich noch etwas einfiel. Sofort schmiss sie ihre Sachen auf den Boden, rannte in die Küche, holte einen Zettel und Stift hervor und schrieb folgende Worte darauf:

Liebe Familie Bekston, liebe Familie Greeman! Ich bin derzeit nicht zu Hause, da ich mich auf die Suche nach meinen Sohn gemacht habe! Wenn Sie mich treffen möchten, kommen Sie zu der Herberge, an der das Schicksal unserer Kinder seinen Lauf nahm.

Bis dahin

Valery Nightmore

Kurz darauf legte sie den Stift zur Seite und überflog den kurzen Text. Danach holte sie eine Rolle Klebeband hervor und riss zwei lange Streifen davon ab, die sie jeweils oben und unten an dem Zettel befestigte. Damit ging sie schließlich zur Tür und hängte ihn gut lesbar draußen auf. Anschließend schulterte sie ihr Gepäck und schloss zufrieden und aufgeregt zugleich die Tür. Endlich konnte sie die Suche nach ihrem Sohn antreten. Aber ob sie ihn auch wirklich fand oder was sie bei diesem Ereignis alles erwartete, wusste sie nicht. Nur das Gefühl der Entschlossenheit und der Hoffnung verlieh ihr die Kraft diese Suche anzutreten. Nachdem sie einen letzten Blick auf das Haus geworfen hatte, machte sie sich auf den Weg.

Während Valery sich auf die Suche begab, saßen Sarah und Brendan Greeman in der Küche am Tisch und warteten fieberhaft auf den ersehnten Anruf der Polizei. Sarah war eine schlanke Frau mit schulterlangem Haar. Ihr schmales Gesicht wurde von einer schwarzen Brille umrahmt, die auf ihre weiße Bluse und ihrem dunklen Rock abgestimmt war. Genau wie ihr Mann Brendan, übte sie den Beruf der Bürokauffrau aus. Doch an diesem Morgen war alles anders, als sonst. Normalerweise hätte Brendan schon im Büro sein müssen. Doch statt seinem Anzug mit Krawatte und blank geputzten Schuhen, trug er jetzt immer noch seinen Pyjama. „Schatz, was ist denn los mit dir? Du solltest doch längst auf dem Weg ins Büro sein", erkundigte Sarah sich besorgt. Noch nie hatte sie ihren Mann so erlebt wie heute. Sonst konnte er nie früh genug aus dem Haus kommen, um pünktlich bei der Arbeit zu sein. Aber heute war etwas mit ihm, das sie sich einfach nicht erklären konnte. „Eigentlich hast du recht, Schatz. Aber ich bekomme, seitdem unser Sohn abermals verschwunden ist, keine vernünftigen Gespräche mehr hin, geschweige denn kann mich normal konzentrieren." „Ach Schatz", sagte Sarah leise und schaute ihn mit einem traurigen Blick an. Ein kurzes Schweigen trat ein, in dem nichts, außer die tickende Uhr an der Wand, zu hören war. „Ich finde, dass du dann wenigstens deinen Chef anrufen und ihm sagen solltest, dass du heute und eventuell die nächsten Tage nicht kommen wirst", sagte sie bestimmt. „Du hast ja recht." Kurz darauf stand Brendan auf und ging ins Wohnzimmer, um seinen Anruf zu tätigen. Sarah hörte, wie er etwas sagte und schließlich den Hörer wieder auf die Gabel legte. „Sag mal, Brendan. Wann glaubst du, wird sich die Polizei endlich wieder melden?", platzte es aus ihr heraus, als er erneut die Küche betrat. „Hmm….das ist eine sehr gute Frage. Vielleicht, wenn sie neue Erkenntnisse zu dem Fall haben", antwortete er. „Aber wann soll das sein? Wie lange müssen wir denn noch auf eine Antwort warten?" „Das weiß ich doch auch nicht, Schatz", erwiderte Brendan traurig. Als die beiden gemerkt hatten, dass ihr Sohn zum zweiten Mal verschwunden war, hatten sie sofort bei der Polizei angerufen und denen am Telefon die Sachlage erklärt. Dennoch wurde ihnen leider bewusst, dass dieser Vorfall keineswegs dazu beitrug, dass die Ermittlungen mit Hochdruck vorangetrieben wurden. Nun war schon wieder eine ganze Woche, ohne das ein Anruf von der Polizei eingegangen war, verstrichen. „Mir reicht es, Brendan. Ich werde jetzt bei denen anrufen", sagte Sarah verärgert und stand auf. Mit großen Schritten begab sie sich ins Wohnzimmer zum Telefon. Nervös wie sie war, nahm sie den Hörer mit zittrigen Finger ab und wählte die entscheidene Nummer. Sarah blickte erleichtert auf, als sie den Freizeichenton hörte. Nach gefühlten 30 Minuten nahm endlich jemand an der anderen Seite ab. „Polizei Rockswill. Brocksfield, guten Tag", meldete sich eine weibliche Stimme. „Hallo. Mein Name ist Sarah

Greeman. Ich habe vor einiger Zeit schon mal bei Ihnen angerufen, um mich über den Stand der Ermittlungen bezüglich meines Sohnes zu informieren", meldete sie sich hoffnungsvoll. „Ah, Sie sind es wieder. Jetzt erinnere ich mich", sagte die Dame ein wenig genervt. „Hören Sie. Ich will jetzt endlich wissen, wo sich mein Sohn befindet. Können Sie mir etwas dazu sagen?" „Ich habe Ihnen doch bereits vor einer Woche gesagt, dass wir nicht wissen, wo Ihr Sohn sich momentan aufhält." „Und Sie wollen mir jetzt sagen, dass Sie in sieben Tagen - in SIEBEN TAGEN - überhaupt nichts Neues für mich haben?", brüllte sie halb ins Telefon. Jetzt wurde sie aber langsam wütend. Da hatte sie der Polizei ganze sieben Tage Zeit gegeben! Und jetzt stand sie wieder nur mit leeren Händen da. „Ich kann gut verstehen, wie Sie sich gerade fühlen müssen, Mrs Greeman", versuchte die Polizistin sie zu beschwichtigen. „Aber wir können auch nur das tun, was in unserer Macht steht." „Dann geben Sie verdammt nochmal alles und finden meinen Sohn!" Ohne ein weiteres Wort zu sagen legte sie auf und knallte den Hören auf die Gabel. „Das kann doch wohl nicht wahr sein!", fluchte sie und begab sich wieder in die Küche. „Und was haben sie gesagt?" „Die haben mir wie immer nichts gesagt", antwortete sie wütend und ließ sich auf ihren Stuhl fallen. „Es kann doch nicht sein, dass sie in sieben Tagen nichts rausbekommen können." „Na ja. Vielleicht haben sie ja tatsächlich alles versucht und trotzdem nichts gefunden, Schatz", versuchte Brendan seine Frau zu beruhigen. „Von wegen", schnaubte sie verächtlich und kaute auf ihrer Unterlippe erum. Brendan zuckte erschrocken zusammen. Seit einer Ewigkeit hatte er seine Frau nicht mehr so wütend gesehen. Das letzte

Mal lag schon so lange zurück, dass er beinahe vergessen hatte, was für eine Furie Sarah werden konnte. „Wir könnten ihn auch gleich selber suchen gehen", grummelte sie mit zusammen gebissenen Zähnen vor sich hin. „Schatz, das ist die Idee!!", entfuhr es ihm so plötzlich, dass Sarah aus ihren Grummeleien gerissen wurde und ihn nun ganz verwirrt anschaute. „Was hast du eben gesagt?" „Na, das es eine tolle Idee sei, selber nach unserem Sohn zu suchen. Das hast du eben doch selber gesagt." „Habe ich das?" Sarah konnte sich partout nicht daran erinnern, so etwas gesagt zu haben. „Ja, das hast du. Und ich muss gestehen, dass das keine schlechte Idee ist", erwiderte Brendan entschlossen. „Aber…..aber…...meinst du das wirklich ernst? Was wird denn dann aus unserem Job?", fragte sie perplex und schaute ihn fassungslos an, da sie das eben gehörte nicht fassen konnte. „Moment, Schatz. Ich werde das kurz mal klären gehen", meinte Brendan beiläufig. „Aber….." Doch da war Brendan auch schon verschwunden.

Als er schließlich wieder zu ihr stieß, hatte er ein breites Grinsen auf den Lippen. „Und? Was haben sie gesagt?", fragte Sarah ihn ganz gespannt. „Sie können unsere momentane Situation vollkommen verstehen und haben uns die Zeit gegeben, ihn endlich wieder nach Hause zu holen", antwortete Brendan. „Das ist ja klasse", jubelte Sarah und sprang ihrem Mann vor Freude an den Hals. „Ich muss unbedingt die Bekstons und Valery anrufen", meinte sie überschwänglich und ging davon. Hastig griff sie nach dem Telefonhörer und wählte die Nummer der Bekstons. Nach nur einem Ton hörte sie ein Knacken in

der Leitung, und jemand hob ab. „Bekston, hallo",
meldete sich eine weibliche Stimme. „Hallo. Hier ist
Sarah - Sarah Greeman", gab sie sich zu erkennen. „Oh,
Sie sind es", meinte die Frau nur. Sarah meinte einen
kleinen Anflug von Traurigkeit in ihrer Stimme zu hören.
„Haben Sie etwas Neues?", kam Frau Bekston gleich auf
das immer wieder kehrende Thema. „Nein", antwortete
Sarah traurig. „Aber ich hätte Ihnen einen Vorschlag zu
unterbreiten." „Wie? Was meinen Sie?" Plötzlich war die
Traurigkeit aus der Stimme verflogen und wich purer
Neugier. „Nachdem ich vor einer halben Stunde erneut
erfolglos mit der Polizei telefoniert habe, ist mein Mann
auf Idee gekommen, dass wir uns selber auf die Suche
nach unseren Kindern machen sollten." Auf einmal
herrschte am anderen Ende der Leitung Stille. Das
Einzige, das man hörte, war das Knacken, das die
Verbindung zwischen den Telefonen, signalisierte.
Schließlich erwiderte Frau Bekston: „Sie meinen das
doch nicht im Ernst!" „Doch, das meine ich. Wenn uns
schon die Polizei nicht helfen kann/will, müssen wir in
Kraft treten. Oder wollen Sie und Ihr Mann noch weitere
Wochen oder Monate auf eine Antwort warten?" Nein,
aber…." „Gut. Dann klären Sie das bitte mit ihrem Mann
und rufen mich später wieder an, wie nun ihre
Entscheidung ist", unterbrach Sarah sie bestimmt. „Okay,
wie Sie meinen." Dann wurde aufgelegt. Gleich darauf
tippte Sarah die Nummer von Valery Nightmore ein, in
der Hoffnung, dass sie mit aufs Boot springen würde.
Inzwischen tutete es das vierte Mal und noch immer
nahm keiner ab. *Hm…komisch. Wo sie wohl ist?*, fragte
sie sich und legte schließlich auf.

„Und? Was sagen sie?", fragte Brendan gespannt, als Sarah wieder die Küche betrat. „Die Bekstons wollen sich diesbezüglich besprechen und teilen mir später ihre Entscheidung mit", erklärte sie ihm. „Aber weißt du was ich komisch finde?" „Hmm?" „Ich konnte Frau Nightmore gar nicht erreichen", setzte sie verwundert hinzu. „Aber was ist für dich daran komisch?", fragte er sie mit einer hochgezogenen Augenbraue. „Na ja. Um diese Uhrzeit wäre sie schon längst wieder zu Hause", stellte sie mit einem Blick auf die Küchenuhr fest. Inzwischen war schon 13 Uhr durch und sie hatten kaum etwas erreicht, geschweige denn etwas vernünftiges gegessen. „Wir sollten uns langsam mal etwas zu essen machen, Schatz. Findest du nicht auch?" „Ja, du hast recht. Aber eigentlich habe ich nicht wirklich die Lust etwas zu machen", erwiderte sie tonlos. „Okay", meinte Brendan. „Dann bestelle ich uns jetzt etwas zu essen und du fängst in der Zwischenzeit mit dem packen an. Was möchtest du denn?" „Für mich bitte einen Chickensalat." Während ihr Mann für sie das Essen bestellte, machte sich Sarah auf ins Schlafzimmer, um einige Sachen für ihre Reise zu packen. *Werden wir ihn überhaupt finden, wenn ja, wo? Was wird wohl alles auf uns zukommen?*, schoss es ihr durch den Kopf. Dann kramte sie eine Tasche hervor und begann zu packen.

„Was haben die gesagt?", fragte Luke etwas lauter, da er dachte, sich verhört zu haben. „Die Greemans wollen sich alleine auf die Suche nach ihrem Sohn machen", wiederholte Ashley. „Außerdem hat sie mich noch ausdrücklich gebeten, ihr unsere Entscheidung mitzuteilen." „Aber wie wollen die das anstellen? Ich meine, wo wollen sie anfangen zu suchen? Die Kinder können überall sein", sagte Luke und ging auf und ab. „Das weiß ich doch, Schatz. Willst du etwa nicht wissen wie es Leon geht?" „Doch natürlich. Aber die gute Frau kann doch nicht einfach von uns verlangen, dass wir unserer Arbeit, nicht wie geplant, nachgehen", meinte er schroff. „Anscheinend können sie das. Also einfach ihrer Arbeit nicht nachgehen, meine ich. Frau Greeman hat nämlich mir noch mitgeteilt, dass ich unseren Chefs unsere momentane Situation näher bringen soll, damit sie verstehen, warum wir das alles machen." Plötzlich blieb er stehen und starrte seine Frau fassungslos an. „WAS HAT SIE GESAGT?", schrie er. Ashley zuckte erschrocken zusammen und wich einen Schritt zurück. „Hat die etwa noch alle? Sie kann doch nicht einfach über uns bestimmen! Soweit kommt es noch." „Hör mir mal zu, Schatz. Erstens hat sie gar nicht über uns bestimmt, sondern einfach nur einen Tipp gegeben, wie wir endlich an unsere Kinder kommen. Und zweitens habe ich, wenn ich ehrlich bin, keine Lust mehr auf eine Antwort von der Polizei zu warten, da es sich bestimmt hinziehen wird", konterte sie bestimmt. Luke schaute sie noch immer verärgert an. Seiner Meinung nach, war es für ihn ein No-Go die Arbeit einfach, ohne eine einen triftigen Grund zu haben, liegen zu lassen. „Schatz, denk doch einfach mal darüber nach", versuchte Ashley ihn zu beschwichtigen. Dann kehrte sie ihm den Rücken und ging in die Küche, um dort ihr Essen anzuwärmen.

Es war bereits kurz nach 15Uhr, als Luke zum ersten Mal, seit ihrer hektischen Diskussion, das Wort ergriff.

„Ich habe mal darüber nachgedacht, was du vorhin gesagt hast." „Hm..?", erwiderte sie nur, ohne ihn eines Blickes zu würdigen. Inzwischen saßen sie wieder im Wohnzimmer, und Ashley hatte eine ihrer Lieblingszeitungen vor sich liegen, in der sie gelangweilt blätterte. „Ich habe vorhin wohl ein bisschen überreagiert. Natürlich möchte ich auch wissen, wie es unserem Sohn geht", fuhr er fort. „Es vergeht kein Tag, an dem ich nicht an ihn denke, was er macht und vor allem wie es ihm geht." Schließlich hob Ashley ihren Kopf und schaute ihn mit einem traurigen Blick an. „Komm, Schatz. Lass uns den blöden Streit von vorhin vergessen und uns ebenfalls auf die Suche nach unserem Jungen machen", sagte er sanft und machte einen Schritt auf sie zu. Von einem Moment auf den anderen hellte sich ihr Blick auf. Nun zierte ein breites Lächeln ihr Gesicht. „Heißt das, dass ich den Greemans grünes Licht geben darf?" „Ja, natürlich. Und ich regle das mit unserer Arbeit", erwiderte Luke erleichtert. Sofort sprang sie vom Sofa auf, umarmte ihn schnell und war dann zum Telefon gestürzt. Während Luke die Sache mit ihren Chefs klärte, tippte Ashley völlig überstürzt die Nummer der Greemans in den Hörer. Es hat nicht einmal eine winzige Minute gedauert, da wurde schon am anderen Ende abgenommen. „Greeman", meldete sich eine aufgeregte Stimme, die Ashley sofort erkennen ließ, dass nur ein Mann am anderen Ende sein konnte. „Hallo. Hier ist Ashley Bekston. Ich habe heute morgen mit Ihrer Frau telefoniert." „Ahh...dann geht es wohl um unser Vorhaben", meinte er fröhlich. „Ja, genau. Sie sagte mir, dass ich mich bei ihr melden solle, wenn ich mit meinem Mann eine Entscheidung getroffen habe." „Und wie haben Sie sich entschieden?", fragte er neugierig. „Mein Mann und ich möchten uns der Suche anschließen", antwortete sie fröhlich. „Das ist ja wunderbar. Wie wollen wir das denn jetzt machen? Kommen Sie und Ihr Mann zu uns, oder sollen wir sie abholen?" Ashley stand da und wusste keine Antwort darauf. Sie hatte sich bis jetzt keine Gedanken darüber gemacht, wie es danach ablaufen sollte. „Einen Moment, bitte", sagte sie nur und legte den Hörer zur Seite. Als sie im Flur eintraf, nahm Luke gerade sein Handy vom Ohr und schaltete es aus. „Schatz?", fragte sie vorsichtig. Er drehte sich zu ihr um und schaute sie mit einem traurigen Blick an. „Was ist denn los?" „Wir.....k...können nicht mitkommen", stotterte er. „Was? Aber? Ich dachte.....", schluchzte sie und war den Tränen nahe. „Es war ein Scherz, Liebling. Natürlich können wir diese Reise antreten", erwiderte Luke belustigt. „Du.....", meinte sie verärgert und boxte ihm in die Seite. „Schatz, wolltest du etwas?" „Ja. Herr Greeman fragt, ob sie uns abholen sollen oder ob wir zu ihnen kommen." Luke überlegte kurz. Dann sagte er: „Sie können uns ruhig abholen kommen." „Okay." „Ich werde dann schon mal unsere Sachen packen", erklärte er. „Ist gut", sagte sie nur und ging lächelnd ins Wohnzimmer zurück. „Herr Greeman?" „Ja?" „Sie und Ihre Frau können uns sehr gerne abholen." „Das ist ja super. Ich denke, wir fahren heute Abend noch los. Sind Sie damit einverstanden?" „Aber ja doch. Je früher, desto besser", erwiderte sie begeistert. „Okay. Dann sind wir gegen 18Uhr bei Ihnen. Aber vorher müssten wir noch bei Frau Nightmore vorbei, da meine Frau befürchtet, dass ihr etwas zugestoßen ist", erklärte er ihr. „Ist in Ordnung." Dann verabschiedeten sie sich und Ashley legte auf.

Jetzt war es soweit. Endlich würden sie die lang ersehnte Suche nach ihren Schützlingen antreten. Ob sie ihre Kinder wirklich finden werden? Wenn ja, wie werden die Jungen auf ihre Eltern reagieren? Was kommt auf sie zu? Schon bald würde sich das Geheimnis lüften.

Ramonyas Geschichte

Es war früh am Morgen, als die drei Freunde schläfrig aus ihren Betten krochen. Eigentlich war es für sie noch viel zu früh, um aufzustehen. Doch die Aufregung über das Kommende war stärker und ließ sie einfach nicht mehr schlafen. „Ich bin ja schon so gespannt darauf, was uns alles erwartet", sagte Leon aufgeregt. „Da bist du nicht der Einzige", meinte Alex grinsend. Die drei Freunde hatten sich gerade fertig angezogen, als sich plötzlich die Tür öffnete. „Hey Jungs", drang eine weibliche Stimme in ihre Kabine. Es war Alandra, die Mira im Schlepptau hatte. „Na, auch schon wach", stellte sie fröhlich fest und grinste. „Ja. Anscheinend konntet ihr auch nicht mehr schlafen", erwiderte Alex. „Jepp." „Wie sieht eigentlich euer Plan aus? Wie gehen wir weiter vor?", wandte sich Mira an Alex. „Eine sehr gute Frage. Das würde ich auch gerne wissen", meinte Alandra nur. „Wir haben uns darüber noch gar keine Gedanken gemacht, gestand Alex. „Aber ich wäre dafür, dass wir erst einmal geschlossen in den Essraum gehen, um den anderen Leon vorzustellen. Schließlich kennt ihn keiner." „Das ist eine großartige Idee", platzte es aus Alandra heraus. „Und dann können wir ihnen auch ganz beiläufig unseren Plan erläutern", setzte sie hinzu und schaute Alex lächelnd an. „Die Idee ist gar nicht mal so doof. Warum denn nicht. Dann können wir nämlich gleich danach loslegen", schaltete sich nun auch Norman in die Unterhaltung mit ein. „Gut. Dann machen wir es so." Da nun das weitere Vorgehen geklärt war, zogen sich die beiden Mädchen wieder zurück, und die Jungen waren wieder unter sich. In diesem Augenblick dachten sie nur an das bevorstehende Ereignis, und was sie auf diesem Weg erwartete. Keiner der drei verschwendete auch nur einen Gedanken daran, dass ihre Eltern sich auf die Suche nach ihnen begeben könnten. „Ich denke, wir sollten mal so langsam los", sagte Norman bestimmt und schritt zur Tür. Alex klaubte das Amulett und die Karte aus dem Rucksack und trat zu Norman hinüber. Nun standen sie beide ganz aufgeregt an der Tür und beobachteten Leon wie er sein Bett ordentlich machte. „Nun komm doch endlich", sagte Alex mürrisch. „Ja, ja. Ich komme ja schon", erwiderte Leon. Gemeinsam verließen sie die Kabine.

Schon von weitem konnten sie aufgeregte Gesprächsfetzen hören, die immer lauter wurden, je näher sie sich dem Gemeinschaftsraum nährten. Alex blieb plötzlich vor der Tür stehen, die nur einen kleinen Spalt offen stand und drehte sich zu Norman und Leon um. „Wir machen das wie versprochen, okay? Ich stelle dich der Mannschaft kurz vor, und dann werde ich die weiteren Pläne erklären", wandte er sich an Leon, der stumm nickte. Dann drehte Alex sich wieder um und zog die Tür weit auf. Als sie schließlich eintraten, verstummten die Gespräche und alle Köpfe waren auf die drei Freunde gerichtet. Doch die Stille verweilte nur kurz. Ohne Vorwarnung brach ein lauter Beifall aus und alle begannen zu klatschen. „Wer ist dieser Junge? Gehört der auch zu der Truppe? Was hat unser Käptn In der Hand?", drangen Stimmen an Alex´ Ohr, die ihn innerlich schmunzeln ließen. Dann wurde es plötzlich ganz leise, und jedes Augenpaar war nun auf Alex, Leon und Norman gerichtet, die sich nun vor ihnen aufgestellt hatten. Ganz gespannt wartete die Menge darauf, was Alex zu sagen und was es mit dem neuen Jungen auf sich hatte. „Guten Morgen, alle zusammen", sprach er zu seiner Crew. „Sicherlich fragt ihr euch gerade, was es mit unserem Neuzungang auf sich hat." Ein leises Murmeln glitt durch den Raum. Dann erhob Alex erneut seine Stimme und sagte: „Dies ist unser Freund Leon, mit dem wir gemeinsam unser Abenteuer angefangen haben. Er ist nun wieder zu uns gestoßen, nachdem er eine Zeit lang unter der Flagge des Piratenkäptn Snowby gesegelt ist." Erneut begann die Menge zu tuscheln und steckte die Köpfe zusammen. Nun schaute Alex zu seinem Freund hinüber, der schüchtern auf seine Fußspitzen schaute. In diesem Moment wurde ihm bewusst, dass Leon nicht nur stark und selbstbewusst war, sondern auch einen weichen Kern in sich trug. Jetzt glitt Alex´ Blick zu Norman hinüber, und musste feststellen, dass sein Freund kein Anzeichen von Nervosität aufwies. Das überraschte ihn nun vollkommen, da Norman sonst immer derjenige war, der bei jeder Kleinigkeit wegrennen wollte oder anfing zu weinen. *Er scheint mit seinen Aufgaben gewachsen zu sein*, sagte er sich und lächelte. Dann richtete er seinen Blick wieder nach vorne und sah Alandra und Mira, die einen Tisch in der ersten Reihe hatten. Alandra zwinkerte ihm zu und reckte den Daumen empor. Auf einmal herrschte wieder Stille, und jeder Blick ruhte wieder auf ihm. „Nun.....", sagte er und suchte nach den richtigen Worten. „Wir haben nun zwei Möglichkeiten, wie wir weiter machen. Zum einen habe ich diese Karte hier", verkündete er und reckte das zusammengerollte Papier in die Luft, damit es auch alle sehen konnten. „Und zum anderen habe ich etwas ganz

49

besonderes geschenkt bekommen, das uns in eine völlig neue Welt katapultieren wird." „Was soll das für ein Ding sein, das uns in eine andere Welt bringen soll?", ertönte eine Stimme von einem der Tische. Alex blickte sich nach der Stimme um. Schließlich entdeckte er einen Jungen, der ungefähr in seinem Alter sein musste. Dieser Junge hatte blondes, kurzes Haar und trug ein weißes T-Shirt, das inzwischen einen Hauch von grau aufwies. Er hatte seine Ellenbogen aufgestützt und schaute Alex durchdringend an. Er wollte etwas erwidern, doch plötzlich bekam er kein einziges Wort mehr raus. Auf einmal spürte er, wie jemand ihm das Amulett entwendete, das bis eben noch in seiner Hand baumelte. Dann ertönte Norman´s Stimme: „Es ist dieses Schmuckstück, das uns in eine neue Welt bringen wird." Alle schauten wie gebannt zu Norman auf, der mit dem Amulett hin und her wedelte. „Wie ist das möglich? Wo wird es uns wohl hinbringen? Was erwartet uns dort?", hämmerte es plötzlich von allen Seiten auf die Freunde ein. „Ich werde euch den Ort preisgeben, sobald die Zeit dafür gekommen ist", erläuterte Alex jetzt etwas lauter. Im Nu war es wieder still geworden. „Ich würde vorschlagen, dass wir uns erst einmal den Ort auf der Karte vornehmen sollten, bevor wir uns in unbekannte Welten aufmachen", sagte Alandra bestimmt und erhob sich von ihrem Platz. Nun waren alle Köpfe ihr zugewandt. „Was haltet ihr davon, Jungs?" „Ich sehe es ganz genauso", erwiderte Leon. Norman, Alex und Alandra schauten ihn mit großen Augen an. Sie hatten nicht damit gerechnet, dass sich Leon ebenfalls zu Wort melden würde. „Okay, dann frage ich jetzt mal in die Runde. Wer ist auch dafür, den Ort auf der Karte zu inspizieren?" Darauf folgte ein lauter Jubelschrei und in die Luft reckende Hände. „Gut. Dann hätten wir jetzt alles geklärt", sagte Alandra fröhlich und schaute in die Runde. „Alle auf eure Plätze, Männer und macht das Schiff startklar. Wir segeln unser nächstes Abenteuer entgegen", brüllte Alex. Die Jubelschreie wurden daraufhin noch einmal lauter, und der Raum tobte vor Begeisterung. Wenige Minuten später war das Spektakel vorbei und der Gemeinschaftsraum leerte sich. Schließlich waren nur noch die drei Freunde und die beiden Mädchen über. „Das hast du echt gut gemacht", lobte Alandra Alex und lächelte ihn freundlich an. „Danke." „Aber ich muss auch sagen, dass Norman und Leon es ebenfalls gut für ihr noch junges Alter gemacht haben." Leon lief ein wenig rot an. Mira und Alandra kicherten. „Oh man. Bin ich schon so gespannt, was uns alles erwartet", platzte es aufgeregt aus Norman heraus. Plötzlich hörten sie Schritte, die sich dem Raum näherten. Dann streckte jemand seinen Kopf herein und sagte: „Käptn? Das Schiff ist startklar. Wir können loslegen, wenn du willst." „Oh, das ging ja schnell", erwiderte Alex und schaute den Mann dankend an. „Wir werden gleich nach oben kommen." „Ist gut." Der Mann zog sein Kopf zurück und schloss die Tür. „Jetzt geht es also los", sagte Norman und hüpfte aufgeregt von einem Bein auf das andere. „Dann lasst uns mal gehen", meinte Alandra und setzte sich in Bewegung.

Wenig später standen sie an Deck und sahen gespannt dabei zu wie die Segel gesetzt wurden. „So, ich gehe dann mal nach vorne zum Steuermann. Schließlich muss ich ihm ja erklären, wo es lang gehen soll", erklärte sie grinsend und ging davon. Kaum hatte sie der Gruppe den

Rücken zugedreht, durchfuhr das Schiff einen heftigen Ruck. Kurz darauf setzte es sich langsam in Bewegung. Dann suchte sich der Rest einen geeigneten Platz, wo sie sich ungestört unterhalten und die Sicht aufs Meer genießen konnten. Ein paar Minuten später wurden sie fündig und ließen sich nieder. „Ist das herrlich", meinte Alex und seufzte. Die Sonne war sehr warm und ließ das Meer in einem glitzernen Licht erstrahlen. Jetzt stand Norman auf und stellte sich an die Reling. Dann glitt sein Blick nach unten und beobachtete das Wasser, das sich sanft ans Schiff schmiegte und im selben Moment wieder davon abließ. „Ramonya, was machst du denn hier?", hörte er plötzlich Alex´ Stimme hinter sich. Er drehte sich zu seinem Freund um und sah, wie Alex ins Nichts schaute. *Das ist echt verrückt*, dachte er. Die Tatsache, dass Alex einen Geist zum Freund hatte, war schon komisch. Aber dass er mit ihm sprach ohne, dass die anderen ihn sehen konnten, fand er mehr als nur verrückt. „Ich wollte mal schauen, was ihr hier so macht", antwortete sie freundlich. „Ach, nichts besonderes. Wir genießen nur ein bisschen das Meer", meinte Alex. „Aber jetzt, wo du schon einmal hier bist. Mich beschäftigt schon seit längerem eine Frage, die ich dir stellen wollte." „Ah….und die wäre?" „Na ja….", begann er. Obwohl er die Antwort unbedingt wissen wollte, konnte er die Frage nicht zu Ende stellen. „Du willst bestimmt wissen wie ich zu einem Geist geworden bin, richtig?", kam Ramonya ihm zuvor. „Äh...ja", erwiderte er kleinlaut und errötete im Gesicht. „Ich kann dir keine Antwort darauf geben, wie es passiert ist", erklärte sie. „Auf einmal merkte ich nur, dass ich durchsichtig war." „Aber es muss doch ein Leben vor diesem Dasein gegeben haben, oder etwa nicht?", fragte

Alex. „Ja, natürlich gab es das", meinte Ramonya und schaute aufs Meer hinaus. „Möchtest du mir von damals erzählen?", fragte er sie hoffnungsvoll. Ramonya schaute daraufhin nachdenklich auf die Wellen, die sich immer wieder aufbäumten, bis sie schließlich in sich zusammenfielen. Dann begann sie leise ihre Geschichte zu erzählen:

„Ich lebte, seitdem ich denken konnte, mit meinen Eltern in einem riesengroßen Haus, das man fast als Schloss bezeichnen konnte. Meine Eltern waren sehr beschäftigte Menschen, die für ein Kind wie mich, keine Zeit hatten. Daher bestellten sie eine Nanny, die rund um die Uhr auf mich aufpassen sollte."

Es folgte eine kurze Pause. „Hey, was machst du denn da?", ertönte plötzlich Normans Stimme. Alex schreckte zusammen. Er hatte ganz vergessen, dass er nicht alleine war. „Äh...Ramonya erzählt mir gerade von ihrem früheren Leben", antwortete er ein wenig überrumpelt. Norman schaute mit hochgezogener Augenbraue auf ihn herab. „Es ist wirklich so", entgegnete er. „Wenn ihr wollt, erzähle ich es euch später." Alex blickte zu Leon und wieder zurück zu Norman. „Okay", sagte dieser nur und setzte sich wieder. „Wie ging es dann weiter?", fragte er sie.

„Wie du dir sicher vorstellen kannst, war mein Leben mit einer Nanny an der Seite nicht gerade spannend. Ich durfte nicht rausgehen, um im Dreck zu spielen, geschweige denn schaukeln oder verstecken spielen. Das, was ich mit ihr gemacht habe, ist nur im Haus geschehen."

53

Alex schaute Ramonya an, deren Blick traurig in die Ferne glitt „Und was war mit deinen Eltern? Haben sie sich kein bisschen um dich gekümmert?", fragte er vorsichtig nach. „Wessen Eltern haben sich nicht gekümmert?", hallte plötzlich Alandras Stimme zu ihnen hinüber. Nun waren alle Köpfe in ihre Richtung gedreht. „Ramonya erzählt Alex gerade ihre Geschichte", platzte es aus Mira heraus. Alandra musterte ihn fragend. Daraufhin nickte Alex stumm. „Heißt das also....., dass ihre Eltern sich nicht um sie gekümmert haben?" Alex nickte kurz. Plötzlich hatte sie einen traurigen Gesichtsausdruck aufgesetzt und blickte zu Boden. Alex wusste nicht, was er in dieser Situation tun sollte. Er hatte sie noch nie, seitdem sie sich kannten, so traurig gesehen. „Was ist denn los?", fragte er leise und setzte sich zu ihr. „Ich musste gerade an meine Kindheit denken", erwiderte sie gedankenverloren. Einige Zeit lang sagte keiner etwas. Während Alex ihr einen fragenden Blick zuwarf, schauten die anderen aufs Meer hinaus und ließen ihre Gedanken schweifen. „Meine Eltern haben sich auch nicht gerade viel um mich gekümmert", sagte Alandra, als sie Alex´ fragendem Blick nicht mehr ausweichen konnte. „Aber warum denn nicht? Was haben sie stattdessen gemacht? Hattest du überhaupt Geschwister?", durchlöcherte er sie. „Nein, Geschwister hatte ich keine. Meine Eltern konnten sich nicht um mich kümmern, weil sie arbeiten mussten, um uns zu ernähren", erwiderte sie gereizt. „Aber irgendwann machte es mir nichts mehr aus, dass ich mich selbst beschäftigen musste. Denn so habe ich ein Hobby für mich entdeckt, das nicht nur Spaß gemacht, sondern mir alle möglichen Türen aufgestoßen hatte."

„Was ist das für ein Hobby?", fragte Mira neugierig, die sich seit einiger Zeit dem Gespräch zugewandt hatte. „Ich zeichne für mein Leben gern Landkarten." Damit hatte keiner von ihnen gerechnet! Alex und Mira schauten Alandra mit offenen Mündern an. „Aber nun hört mal. Mein Hobby ist jetzt nun wirklich nicht das spannendste", meinte Alandra zu den beiden. Plötzlich erregte ein Mädchen, das neben Norman saß, ihre Aufmerksamkeit. Es hatte dunkelbraune lange Haare, die im Wind sachte hin und her wehten. Außerdem trug sie ein dunkelblaues Kleid mit einem wellenartigen Muster darauf, das sehr gut zu ihren weißen Sandalen passte. „Äh....Alex....", begann sie vor Aufregung an zu stottern. Alex schaute sie an. Dann bemerkte er, dass Alandra mit ihrem rechten Zeigefinger auf etwas deutete. Jetzt drehte er sich um und erblickte - Ramonya. Nun konnte er auch Alandras plötzliche Stimmungsschwankung erkennen. Alex lächelte und sagte: „Ja, das ist Ramonya." Sie konnte es nicht fassen. Auf einmal konnte sie das Mädchne sehen. „Aber...wie ist das...möglich?", fragte sie verstört. „Warum kann ich sie jetzt sehen?" Daraufhin zuckte Alex mit den Schultern. Auch er hatte keine Erklärung dafür, warum Alandra den Geist in diesem Moment sehen konnte. „Ramonya", wandte er sich nun an den Geist. Ramonya drehte sich zu ihm um. „Ja?" „Wieso kann Alandra dich jetzt sehen und die anderen nicht?" Ramonya sah ihn einen Augenblick an ohne ein Wort zu sagen. Schließlich erwiderte sie: „Anscheinend haben wir etwas gemeinsam. Auch sie hatte Eltern, die , aus welchen Beweggründen auch immer, nicht um sie gekümmert haben." „Und was ist mit den anderen, Leon, Norman und Mira? Werden sie dich auch irgendwann sehen können?", fragte Alex verzweifelt. Er hoffte inständig, dass auch die anderen Ramonya bald sehen würden. „Doch, auch sie werden mich irgendwann sehen. Aber das braucht bei ihnen einige Zeit, da sie noch keine so enge Beziehung zu mir haben", antwortete sie. Alex war erleichtert. Nun hatte er die Gewissheit, dass auch Mira, Leon und Norman Ramonya irgendwann sehen konnten. „Du hattest also eine Nanny, die immer für dich gesorgt hat. Aber was ist passiert, dass du auf einmal unsichtbar geworden bist?", kam Alex nun zu ihrer Geschichte zurück. Ramonya schaute ihn eine kurze Weile an. Dann fuhr sie mit ihrer Erzählung fort.

„Ich weiß es nicht. Aber ich kann mich noch sehr gut daran erinnern, wie ich mich im Alter von acht Jahren aus dem Zimmer schlich und in Richtung Bibliothek ging. Dort fiel mir sofort auf, dass die Tür einen kleinen Spalt geöffnet war. Plötzlich verspürte ich ein unbehagliches Gefühl in meiner Magengegend, da die Tür der Bibliothek eigentlich immer verschlossen blieb."

„Und was hast du gemacht? Bist du hinein gegangen?", fragte er aufgeregt nach. Er wollte unbedingt wissen, was dort vorgefallen war.

„Ich ging natürlich näher heran und hörte wie sich zwei Personen angeregt unterhielten. Um nicht entdeckt zu werden, habe ich mir sogar eine Hand vor den Mund gehalten, weil ich befürchtet habe, dass mich meine schnelle Atmung verraten könnte. Schließlich erkannte ich, dass eine der Personen mein Vater war, der jemandem etwas zeigte."

Nun machte sie eine kurze Pause und schwelgte in alten Erinnerungen. „Konntest du erkennen, was dein Vater dem Unbekannten gezeigt hat?", fragte Alandra. Alex nickte ihr zu. Da sie jetzt in der Lage war, Ramomya zu sehen, konnte sie ebenfalls mit ihr kommunizieren.

„Nicht direkt. Ich konnte nur etwas in seiner Hand baumeln sehen. Aber was es war, war für mich nicht ersichtlich. Ich habe danach noch eine Weile an der Tür gestanden und das Gespräch belauscht."

„Über was wurde dort geredet?", hakte Alex nach. Es war offensichtlich, dass er an Ramonya´s Lippen hing und unbedingt auf den Grund gehen wollte, warum das Mädchen zu einem Geist wurde.

„Ich konnte immer wieder das Wort Amulett vernehmen, welches wirklich sehr häufig gefallen war. Außerdem ging es noch um Ruinen und einer Grabstätte, aber ansonsten habe ich nichts erwähnenswertes gehört."

Jetzt wurde es wieder still. Nur die See und der Wind waren zu hören. Während sie auf dem Meer dahinglitten, wandten sich Alex und Alandra den anderen zu, um sie über Ramonya etwas aufzuklären. „Aber ihr habt immer noch nicht aus ihr herausbekommen, warum sie ein Geist wurde, richtig", stellte Leon fest. Auch er war fasziniert von ihrer Geschichte und wollte um jeden Preis wissen, was mit ihr geschehen ist. „Ich denke, was diese Sache betrifft, sollten wir sie damit erst einmal in Ruhe lassen", sagte Alandra bestimmt. „Es ist bestimmt nicht einfach für sie aus ihrer Vergangenheit zu erzählen." Ein wenig enttäuscht darüber, dass sie nichts mehr von Ramonya zu hören bekamen, richteten sie ihre Blicke aufs Wasser. Im Stillen wussten die drei aber sehr genau, dass Alandra damit recht hatte. Irgendwann würden sie es noch von ihr hören, und bis dahin segelten sie ihrem Abenteuer entgegen.

Die Suche geht weiter

Inzwischen waren Sarah und Brendan Greeman mit ihren vollen Taschen in ihr Auto gestiegen und hatten sich auf den Weg zu den Nightmores gemacht. Je näher sie ihrem Haus kamen, desto mulmiger wurde es ihr. „Was meinst du ist ihr passiert?", fragte sie ihren Mann ängstlich. „Keine Ahnung. Vielleicht ist ihr auch gar nichts passiert, sondern war zu diesem Zeitpunkt nicht im Haus", meinte er nur. Im Gegensatz zu seiner Frau, trat Brendan dieser Situation eher entspannt, als ängstlich oder verunsichert gegenüber. Nachdem sie eine weitere Linkskurve passiert hatten, kam das Haus der Nightmores endlich in Sicht. Plötzlich wurde sie nervös und ihre Hände begannen zu zittern. *Hoffentlich ist ihr nichts passiert*, dachte Sarah. Kurz darauf machte Brendan vor der Haus halt. „Schau mal", sagte Sarah überrascht. „Da hängt doch nicht etwa ein Zettel....oder doch?" Erleichtert, dass Alex´ Mutter nichts passiert zu sein schien, öffnete sie die Autotür und ging schnellen Schrittes auf die Eingangstür zu. Dort war ein handgeschriebener Zettel angebracht, auf dem folgendes zu lesen war:

Liebe Familie Bekston, liebe Familie Greeman! Ich bin derzeit nicht zu Hause, da ich mich auf die Suche nach meinen Sohn gemacht habe! Wenn Sie mich treffen möchten, kommen Sie zu der Herberge, an der das Schicksal unserer Kinder seinen Lauf genommen hat.

Bis dahin

Valery Nightmore

Endlich hatte sie Gewissheit! Frau Nightmore war nichts passiert - im Gegenteil. Sie hatte sich schon auf die Suche nach ihrem Sohn begeben.
Erleichtert ging sie zum Wagen zurück, öffnete die Beifahrertür und stieg ein. „Und? Was stand jetzt auf dem Zettel?", fragte Brendan. „Dass sie sich schon auf die Suche nach ihrem Sohn gemacht hat und wir sie an der Herberge, an der das Abenteuer der Kinder begonnen hat, treffen können." „Na, was habe ich dir gesagt. Ich wusste von Anfang an, dass ihr nichts zugestoßen ist", erwiderte Brendan trotzig. „Ja, ich weiß. Du hattest mal wieder recht. Aber lass uns lieber losfahren. Nicht, dass die Bekstons länger als nötig warten müssen. Schließlich wollen sie ja auch endlich ihren Leon wieder in die Arme schließen." Wie geheißen startete er den Motor und fuhr los.

„Da sind Sie ja", begrüßte Ashley die Greemans nervös, aber aufgeregt. „Wir können gerne zum *Du* übergehen", entgegnete Sarah und streckte ihr die Hand entgegen. „Sehr gerne. Ich bin Ashley und das ist mein Mann Luke", stellte sie sich und ihren Mann vor. „Ich bin Sarah und das ist mein lieber Gatte Brendan, der uns an die Nordsee zur Herberge fahren wird." Ashley schaute sie mit einem verwirrten Blick an. „Wir sind eben an dem Haus der Nightmores vorbei gefahren. Dort habe ich einen Zettel an der Tür vorgefunden, auf dem zu lesen war, dass sich Frau Nightmore bereits auf die Suche nach ihrem Sohn begeben hat und wir sie dort an der Herberge antreffen können", klärte sie Ashley auf. „Das ist ja wunderbar. Dann haben wir wenigstens schon einmal einen Anhaltspunkt", meinte sie freudig. „Na, schon in Aufbruchstimmung?", fragte Luke, der nun zu ihnen gestoßen war. „Ja, klar", meinte Sarah lächelnd. „Schatz, wir haben wahrscheinlich schon den ersten Anhaltspunkt für unsere Suche", berichtete Ashley aufgeregt. „Ja, habe ich auch schon gehört. Hoffentlich ist das kein Reinfall oder so." „Nein, das glaube ich nicht." „Aber was ist, wenn wir jetzt dorthin kommen und die gute Frau gar nicht mehr da ist? Was machen wir dann?", gab Luke zu bedenken. „Mensch, wir sollten den Teufel nicht an die Wand malen, bevor wir gar nicht wissen, was überhaupt los ist", meinte Sarah gelassen. „Eine selbstbewusste Frau hat gesprochen", sagte Brendan, der einen großen Gegenstand annahm und ihn ins Auto verfrachtete. „Sollten wir nicht noch etwas trinken, bevor wir losfahren?", fragte Ashley in die Runde. „Ich denke, wir sollten so langsam mal aufbrechen. Etwas trinken können wir dort auch noch", merkte Brendan an und ging zur Fahrertür. Ashley schaute zu ihrem Mann hinüber, der nur stumm nickte. „Okay...." Seufzend ging sie ums Auto herum. Dann warf sie ihre dünne Strickjacke von sich, die sie während des Wartens angehabt hatte. Inzwischen herrschte Sonnenuntergang, und der Himmel hatte sich feuerrot gefärbt. Nun waren auch Luke und Sarah am Auto eingetroffen. Während Sarah sich entschlossen ins Auto setzte, schmiss Luke seine Jacke in den Kofferraum, schloss die Heckklappe und gesellte sich anschließend zu seiner Frau auf die

Rückbank. Nun ließ Brendan den Motor an und fuhr mit quietschenden Reifen los.

Als sie schließlich an ihrem Ziel angelangt waren, war die Sonne bereits vollständig untergegangen. Jetzt dienten nur noch die Scheinwerfer und die Laternen vor der Herberge als Lichtquelle. „Was meint ihr. Sollten wir erst einmal das Gepäck hier lassen, bis wir sicher sind, dass sie noch ein Zimmer für uns frei haben?", fragte Ashley ein wenig verunsichert. „Denkst du etwa, dass diese kleine Unterkunft schon ausgebucht ist?", fragte Luke skeptisch. „Na ja. Mann weiß ja nie, oder?" „Ich schlage vor, wir gehen erst einmal hinein und erkundigen uns dort nach freien Zimmern", sagte Sarah bestimmt.

Wenig später standen sie an der Rezeption einer älteren Frau gegenüber, die in einer Zeitschrift blätterte. „Guten Abend", begrüßte Sarah die Frau. Doch es kam keine Reaktion. „Hallo!!!", sagte Brendan etwas lauter. Aber auch er hatte keine Chance. Die ältere Dame tat immer noch so, als wäre nichts gewesen und las in ihrem Magazin. Um auf sich aufmerksam zu machen, trat Sarah ganz nah an die Rezeption und räusperte sich. Auch dieser Versuch war vergebens. „Das kann doch wohl nicht wahr sein!", wetterte Brendan und wollte gerade gehen, als eine Frau die Treppe zu ihnen hinunter stieg. Jetzt waren alle Augen auf diese eine Frau gerichtet, die direkt auf sie zusteuerte. „Ich nehme mal an, dass ihr zu dieser netten Dame wollt", stellte sie fest. Es folgte ein stummes Nicken. „Ja, sie scheint aber nicht zu reagieren", erwiderte Sarah genervt. „Oh, dann hat sie wohl ihr Hörgerät ausgeschaltet." „Wieso setzt man eigentlich so eine alte Schachtel hinter den Tresen? Hätte das nicht jemand anderes machen können?" „Na ja, ich denke schon. Aber da dieser Dame diese Herberge gehört, möchte sie sie wohl nicht so schnell aufgeben", erwiderte die unbekannte Frau. „Entschuldigen Sie bitte. Woher kennen wir uns? Ich meine Sie mal irgendwo gesehen zu haben", sagte Ashley. „Oh, tut mir leid. Da habe ich mich gar nicht vorgestellt. Ich heiße Valery Nightmore und komme aus Rocksville." Plötzlich herrschte in der kleinen Eingangshalle Totenstille. Sarah, Brendan, Ashley und Luke schauten Valery mit offenen Mündern an. „Was ist los mit Ihnen? Habe ich irgendetwas falsches gesagt?", fragte sie nun vollkommen perplex. „Nein....ganz und gar nicht", stammelte Sarah vor sich hin. „Wir haben bloß nicht so schnell mit Ihnen gerechnet." „Wie? Was meinen Sie? Wer sind Sie überhaupt?" „Ich heiße Sarah und das ist mein Mann Brendan. Wir haben uns mit Luke und Ashley (sie deutete mit einer Armbewegung auf die beiden) auf die Suche nach unseren Kindern gemacht." Einige Zeit lang schaute Valery verwirrt drein und wusste nicht, was sie erwidern sollte. Auf einmal fiel es ihr wie Schuppen von den Augen. „Dann müssen Sie die Eltern von Leon und Norman sein!!!", preschte es aus ihr heraus. „Ja, das ist richtig", erwiderte Sarah. „Wir haben Ihren Zettel gesehen und haben uns danach sofort auf den Weg hierher gemacht." „Nachdem meine Frau mit der Polizei geredet und die ihr zum wiederholten Male gesagt hat, dass sie noch keine Spur hätten, hat sie versucht, Sie zu kontaktieren. Aber leider waren Sie nicht mehr erreichbar", klärte Brendan Valery auf. „Genau so war das. Und dann habe ich die Bekstons kontaktiert", setzte Sarah hinzu. Ashley und Luke nickten. „Ah. Das haben Sie wirklich gut gemacht. Ich wollte mich morgen mal schlau fragen, ob jemand von hier etwas über meinen Sohn weiß." „Das ist ja großartig. Dann können wir mithelfen, wenn wir irgendwann mal ein Zimmer bekommen würden", entgegnete Sarah etwas säuerlich. „Wenn Sie möchten, kann ich das auch für sie regeln", bot sie sich an. „Oh, vielen Dank."

Wenig später saßen alle zusammen in Valerys Zimmer. Zu ihrem Glück, war ihr Zimmer ein Mehrbettzimmer, so dass sie jetzt auf einem Fleck versammelt waren. So hatten sie nun die Möglichkeit, ihr Vorhaben zu besprechen, ohne unterbrochen zu werden. „Ich denke, da wir nun alle in einem Boot sitzen, können wir das *Sie* weglassen und zum *Du* übergehen", meinte Valery, während die anderen noch damit beschäftigt waren, ihre Habseligkeiten unterzubringen. „Das ist eine sehr gute Idee", erwiderte Brendan hoch erfreut. „Ich bin Valery - Alex´ Mutter", eröffnete sie die Vorstellungsrunde. „Und ich bin Brendan. Der Mann von dieser wunderbaren Frau Sarah und Vater von Norman." „Wir sind die Eltern von Leon - Luke und Ashley", beendete Ashley die Runde. „Na, sehr schön. Darf ich fragen, was die Polizei in euren Fälen herausgefunen hat?" „NICHTS!!", kam es von Sarah wie aus der Pistole geschossen. Valery beäugte sie mit hochgezogenen Augenbrauen. „Warum guckst du uns so an?", giftete Luke sie an. „Wir wären nicht hier, wenn sie etwas herausgefunden hätten." „Schon gut, schon gut. Ich dachte, ich frage nur mal nach", verteidigte sie sich mit erhobenen Händen. „Ich muss mich für das Verhalten meines Mannes entschuldigen", sagte Ashley und warf ihm einen verärgerten Blick zu. „Ich denke, wir sind alle etwas angespannt, was diese Situation betrifft. Schließlich warten wir schon eine gefühlte Ewigkeit auf eine Nachricht, die uns weiter bringt." „Hast du denn schon etwas nützliches von der Polizei gehört?", fragte Sarah sie eindringlich. Valery schüttelte mit dem Kopf. „Nein, auch ich tappe vollkommen im Dunkeln. Deswegen habe ich ja auch diesen Entschluss gefasst, mich selber auf die Suche nach meinem Kind zu begeben." „Sag mal. Wo ist dein Partner?", schoss es aus Brendan heraus. Plötzlich trat ein wütender Ausdruck auf ihr Gesicht, und schaute gen Boden. Nach einer kurzen Pause erwiderte sie: „Mein Mann und ich sind schon seit Ewigkeiten geschieden. Ich bin mit meinem Kleinen nach Rockswill gezogen, um dort ein neues Leben anzufangen. Wenn es sein muss, auch ohne männliche Unterstützung." Für diese Frage erntete er von seiner Frau einen Schlag in die Seite. „Au", sagte er und schaute seine Frau wehleidig an. Daraufhin schüttelte sie entnervt den Kopf. „So, genug geplaudert. Ich bin todmüde, und sollten jetzt mal so langsam schlafen gehen", sagte Sarah bestimmt. „Ja, genau", stimmte Valery ihr zu. Schließlich haben wir morgen viel vor. Und außerdem wollen wir ja so schnell wie möglich unsere Kinder zurück." Gesagt, getan. Nachdem die allerletzten Habseligkeiten verstaut waren, legten sich die fünf schlafen. Alle hofften inständig, dass sie morgen endlich auf eine heiße Spur stießen, die sie zu den Kindern bringen würde.

Kaum war der erste Sonnenstrahl ins Zimmer gedrungen, waren alle hellwach und kletterten aus ihren Betten.

65

„Guten Morgen. Na, alle wach?", fragte Valery vergnügt. „Ja....", erwiderte einer nach dem anderen gähnend im Chor. Nachdem sie sich fertig und angezogen hatten, gingen sie gemeinsam zum Frühstück, wo sie alles noch einmal besprachen. Anschließend gingen sie ein letztes Mal aufs Zimmer, holten ihre Handys, Stift, Papier und gingen dann nach draußen, um etwaige Passanten nach ihren Kindern zu befragen. „Entschuldigen Sie. Haben Sie einen Jungen gesehen? Er muss so etwa im Teenageralter sein", fragte Sarah ein älteres Ehepaar, das an ihnen vorbei ging. „Nein, tut mir leid", antwortete die Dame und ging weiter. Zum Bedauern aller, war niemand dabei, der sich auch nur ansatzweise an Norman, Alex und Leon erinnern konnte. „Das ist zum verrückt werden", stieß Sarah hervor, nachdem sie ihre Befragungen beendet und sich aufs Zimmer zurückgezogen hatten. „Wir dürfen jetzt nicht die Nerven verlieren", sprach Valery ihnen Mut zu. „Aber was sollen wir machen?", fragte Sarah verzweifelt. „Es gibt hier niemanden mehr, den wir dazu noch befragen könnten." „Da stimme ich ihr voll und ganz zu", schaltete sich Ashley in die Diskussion mit ein. „Stop, stop. Ihr habt wohl jemanden vergessen., der zu diesem Thema noch nicht befragt worden ist", konterte Valery grinsend. „Und wer soll das deiner Meinung nach sein?", fragte Luke verächtlich. „Na, überlegt doch mal." Daraufhin wurde der Raum in ein betretendes Schweigen gehüllt. „Du meinst doch nicht etwa.....", unterbrach Luke schließlich die Stille und schaute Valery ungläubig an. „Doch, genau diese Person meine ich. Oder hast du eine bessere Idee?" „Nein....aber meinst du wirklich, dass uns diese alte Schachtel helfen kann? Sie konnte uns ja nicht

einmal ein Zimmer zuteilen, bis du gekommen bist",
erwiderte er empört. „Vielleicht war sie einfach zu diesem
Zeitpunkt nicht ganz auf der Höhe. Das kann schon mal
vorkommen", verteidigte Valery die alte Dame. „Nun hört
doch mal auf", ging Sarah dazwischen. „Es hilft uns auch
nicht weiter, wenn ihr euch die Köpfe einschlagt. Ich bin
dafür, dass wir diese Chance nutzen. Vielleicht hat sie
doch etwas mitbekommen, das uns weiter hilft." „Okay,
okay", gab Luke schließlich klein bei.

Wenig später standen sie vor dem Rezeptionsschalter
und beäugten die ältere Dame, die wie am Abend zuvor,
in einem Klatschmagazin blätterte. Valery schaute sich
um. Doch sie konnte kein Schild erkennen, das ihren
Namen aufwies. Dennoch versuchte sie guten Mutes ihr
Glück und sprach die Frau an. „Entschuldigen Sie, gute
Frau. Können wir Sie etwas fragen." Ohne zu zögern,
hob sie den Kopf und beäugte sie eindringlich. „Oh.
Möchten Sie schon etwa gehen?", stellte sie eine
Gegenfrage. „Nein. Wir möchten Sie etwas fragen",
entgegnete Valery. Ohne auf eine weitere Reaktion zu
warten, stellte Valery die entscheidende Frage: „Haben
Sie unsere Kinder gesehen?" Valery stellte ihr die
anderen vor und konnte dabei zusehen wie die ältere
Dame angestrengt nachdachte. „Bekston,.....Bekston",
murmelte sie vor sich hin. „Ja, das sind wir", platzte es
aus Ashley heraus. „Wir haben mit unserem Sohn und
seinen Freunden Alex und Norman vor einiger Zeit hier
Urlaub gemacht." „Ah.....jetzt weiß ich, wer Sie sind",
erwiderte sie und deutete mit einem Finger auf Ashley
und Luke. „Sie haben mit drei Kindern Urlaub gemacht
und sind danach panisch wieder abgereist. Ich wollte es

zuerst nicht glauben, als Sie sagten, dass die Kinder weg seien. Aber Sie wären nicht noch einmal hier, wenn es nicht so wäre, richtig?" Luke und Ashley schauten die Frau traurig an und schüttelten die Köpfe. „Nun sagen Sie uns bitte, was Sie über unsere Kinder wissen", flehte Sarah sie an und trat näher an den Tresen. Doch darauf erwiderte die alte Dame nichts mehr.

Crystal Island

Es war, als sei ein langersehnter Traum wahr geworden. Alex, Leon und Norman starrten mit weit aufgerissenen Augen aufs Meer hinaus. Sie konnten es nicht fassen, was sie dort sahen. Ganz plötzlich, und ohne Vorwarnung, war vor ihnen eine Insel aufgetaucht, die sie noch nie zuvor gesehen hatten. Aber dies war nicht das Einzige, das die Freunde erstarren ließ. Auch die Farbe des Meeres hatte sich von jetzt auf gleich vollkommen verändert. Alex schaute immer wieder hin und her und konnte sich das Phänomen, das vor ihnen lag, nicht erklären. Für ihn war es so, als ob eine Linie die einzelnen Farbschemen trennte - aber dem war nicht so. Schaute man in die Richtung, aus der sie gekommen waren, erstrahlte das Wasser in einem kräftigen Dunkelbau. Ließ man seinen Blick zur Insel schweifen, funkelte es türkisblau. Zuletzt trug die Sonne dazu bei, dass die Oberfläche anfing wie ein Kristall zu glitzern.
„Das ist einfach unglaublich", rief Alex freudig aus.
„Ja.....", erwiderten Leon und Norman im Chor. Seufzend lehnten sie sich zurück und genossen den wahrhaft schönen Anblick.
„Was ist das eigentlich für eine Insel?", fragte Alex Alandra. „So wie es aussieht, muss es die Insel sein, auf der hier ein Kreuz eingezeichnet ist", antwortete sie und studierte die Karte, die sie eben hervorgezogen hatte.
„Zeig her!", sagte er eindringlich und riss sie ihr aus der Hand. „Äh.....wie kannst du dir da so sicher sein?", fragte er und schaute sie verwirrt an. „Wie meinst du das? Stellst du etwa meine Fähigkeiten als Navigatorin in Frage?" „Nein, nein. Natürlich nicht. Aber da ja nicht nur

eine Insel hier eingezeichnet ist, habe ich mich nur gewundert, warum es ausgerechnet gleich diese Insel mit dem Kreuz sein muss", versuchte Alex klarzustellen. „Das ist doch ganz einfach. Ich habe unserem Steuermann gesagt, wo es langgehen soll und ist der Route gefolgt", meinte sie und fing an zu lachen. „Du bist großartig", rief Alex laut aus und sprang ihr um den Hals. „Kein Ding, Alex. Schließlich bin ich nicht hier, um vor Langeweile zu sterben, sondern auch um Abenteuer zu erleben." „Genau das wollte ich hören", sagte Alex und zwinkerte ihr zu. „So. Ich werde mich dann mal langsam zum Steuermann begeben, um ihm mitzuteilen wie er was zu machen hat", meinte Alandra, stand auf und ging von dannen. „Warte, ich komme mit", sagte Mira etwas lauter und folgte ihr. Durch Alandras Hilfe, fand der Steuermann schließlich einen geeigneten Platz zum Ankern. Kaum war der Anker über die Reling geworfen worden, konnten es Norman, Leon und Alex kaum noch erwarten auf die Insel zu kommen und sprangen sogleich ins seichte Wasser. „Das ist......traumhaft", sagte Alex. Bei diesem schönen Anblick blieb ihm die Spucke im Halse stecken, so dass er kein weiteres Wort mehr herausbringen konnte. Norman trat neben ihm und betrachtete ihre Umgebung. Zentimeter um Zentimeter sog er in sich auf, damit er dieses Erlebnis nie im seinem Leben vergessen konnte. Auf einmal spürte er einen leichten Druck in seinem Kopf. Schmerzerfüllt kniff er die Augen zusammen, um diesen unausstehlichen Schmerz zu betäuben aber es gelang ihm nicht! Panisch drückte Norman die Hände an den Kopf, aber selbst das linderte nicht das Pochen. „Norman, Norman", schrie Leon plötzlich und kam mit einem angsterfüllten Blick auf ihn zu. „Halt, Stopp", rief Alandra zu ihnen herüber, die nun mit Mira im Schlepptau auf die Freunde zugerannt kam. „Aber wir müssen doch etwas für ihn tun", sagte Leon verzweifelt. „Ihr könnt aber nichts tun. Er muss mit dieser Situation alleine klar kommen", sagte sie bestimmt. „Was hat er denn?", fragte Alex ängstlich. „Ich glaube, er hat zum ersten Mal in seinem Leben ein Déjá-vu." „Déjá-was?", fragte Alex verwirrt. „Déjá-vu. So nennt man ein Ereignis, von dem du denkst, es schon einmal erlebt zu haben", klärte sie ihn ruhig auf. „Ah, okay. Wenn ich jetzt so darüber nachdenke, war ich auch schon mal in so einer Situation. Aber da hat es mir nicht so zugesetzt wie ihm." „Jeder Mensch reagiert anders darauf. „Hey", sagte Leon leise und schaute Norman besorgt an, der nun zu ihnen gestoßen war. „Ist alles wieder okay?" „Äh...ja." „Die beiden hier und ich natürlich auch, haben sich echt Sorgen um dich gemacht", sagte Mira. „Tut mir Leid. Aber ich hatte auf einmal heftige Kopfschmerzen, und ich weiß noch nicht einmal warum." „Man konnte es dir regelrecht ansehen, dass es dir nicht gut ging", sagte Mira. „Deswegen bin ich umso glücklicher, dass jetzt wieder alles in Ordnung ist." „Aber wisst ihr, was ich nicht verstehe?" „Was?", fragten Leon und Alex gleichzeitig. „Während ich aufs Meer geschaut und dann diesen herrlichen Strand dazu gesehen habe, hatte ich plötzlich das komische Gefühl, als sei ich schon einmal hier gewesen." „Aber...wie?", fragte Alex verwirrt. „Keine Ahnung", meinte Norman. Nun ließ er seinen Blick über den Strand schweifen und begann darüber zu grübeln, warum ihm dieser Ort so bekannt vorkam. Und dann fiel es ihm wie Schuppen von den Augen: Das Buch! „Das Buch", murmelte er vor sich hin. „Was?", fragte Alex neugierig. „Hm?" „Du hast eben von einem Buch gemurmelt." „Achso, ja. Als ich wieder zu Hause war, habe ich mir ein Buch angeschaut, in dem unter anderem das Meer abgebildet war. Auf einmal war es dann so, als ob ich gar nicht mehr in meinem Zimmer war. Ich war so tief in meinen Gedanken versunken, so dass ein Bild vor meinem geistigen Auge auftauchte." Leon und Alex schauten ihn mit offenen Mündern an. „Das ist ja krass!", meinte Alex und kam aus dem Staunen nicht mehr heraus. „Finde ich auch, Norman." „Dann heißt das also, dass das Bild dir diesen oder einen so ähnlichen Ort gezeigt hat?", hakte Alandra nach. Norman nickte. „Es gibt aber einen kleinen Unterschied zu meinem Bild." Leon, Alex und die Mädchen schauten ihn ganz gespannt an. „Im Gegensatz zu diesem Paradies hier, bestand meines zwar aus diesem Strand und ebenfalls diesem wunderschönen Meer, aber anstatt dem Dschungel hinter uns, befand sich in meinem Kopf eine Felswand, die in die Höhe ragte." „Ich kann es nur wiederholen", sagte Alex. „Das ist krass!" Aber nicht nur Alex fehlten die Worte, um das eben gehörte richtig zu beschreiben. „Ich finde das super spannend", sagte Mira begeistert. „Wie sieht es aus? Wollen wir uns den Schatz holen oder nur hier herum stehen?", entgegnete Alandra. „Natürlich wollen wir uns den Schatz holen", erwiderte Alex entschlossen. „Dann los. Bis die Sonne untergeht haben wir nicht mehr lange, und bis dahin möchte ich auch gerne wieder auf dem Schiff sein. Und so geschah es. Aber bevor sie endgültig in das dichte Unterholz vordrangen, ging Alandra noch ein letztes Mal zum Schiff zurück, um wenig später mit ein paar Männern wieder zu ihnen zu stoßen. Unter den Männern befand sich der

Junge mit blondem kurzem Haar, der Alex schon vor einiger Zeit aufgefallen war und bei ihm ein ungutes Gefühl in der Magengegend auslöste. „Ich habe sie nur gebeten als Verstärkung mitzukommen, falls uns jemand anderes in die Quere kommen sollte", klärte sie die drei Freunde auf, nachdem sie ihr fragende Blicke zugeworfen hatten. „So dann los." Aufgeregt drangen Leon, Alex und Norman ins dichte Blätterwerk ein. Um überhaupt richtig voranzukommen, mussten sie herunter hängende Äste beiseiteschieben, die ihnen sonst ins Auge gestochen hätten. Während sie sich weiter durchs Unterholz schlugen, wanderte Alandras Blick immer wieder gen Himmel, um den Stand der Sonne zu kontrollieren, damit sie rechtzeitig vor Einbruch der Dunkelheit, wieder am Schiff sein konnten. Zu Überraschung aller, konnten sie wenig später das Ende des Dschungels ausmachen, und plötzlich standen sie vor einem riesengroßen grauen Felsen. Es war, als stünden auf einer Art Spielfeld, da sich rings um sie herum nur Bäume und Sträucher befanden. Alex´ Blick blieb auf einmal auf einem schwarzen Loch geheftet, das den Eingang in den Stein darzustellen schien. „Meint ihr, dass das ein Eingang in eine Höhle ist?", wandte sich Alex nun an Leon, Norman und die Mädchen. „Sieht ganz danach aus", meinte Alandra und trat einen Schritt vor. „Wenn dies wirklich so ist, wo führt dann diese Höhle hin?" „Hm...gute Frage", meinte Leon. Ohne ein weiteres Wort zu sagen lief Alandra los, umrundete den Felsen und kam mit einem merkwürdigem Ausdruck im Gesicht zu den Jungen zurück. „Was ist denn los? Was hast du gesehen?", fragte Alex angespannt. „Nichts", sagte sie verwirrt. „Wie nichts?", blaffte er sie an. „Da ist einfach nichts. Kein Ausgang - nichts." Um sich davon zu überzeugen, dass wirklich nichts zu sehen war, umrundete Alex nun ebenfalls den Stein. Als er wieder zu ihnen stieß, konnte man erkennen, dass er ein wenig blass im Gesicht geworden war. „Das.....das gibt es doch nicht", stammelte er und schaute Alandra tief in die Augen. „Und glaubst du mir jetzt?" Alex nickte nur. Kurz darauf fragte er ganz aufgeregt: „Und was machen wir jetzt? Gehen wir rein oder warten wir bis morgen früh?" „Wieso sollten wir bis morgen früh warten?", fragte Leon verwirrt. „Wir gehen natürlich dort hinein." „Wie siehst du das, Alandra?", wandte sich Mira nun an sie. Alandra schaute nun nachdenklich zum Himmel empor. „Hm...." „Was ist denn nun? Ja oder nein?", hackte Alex ganz ungeduldig nach. Es vergingen einige Minuten, ehe Alandra antwortete. „Wir sollten reingehen. Bestimmt bekommen wir so eine Chance kein zweites Mal." Kaum hatte sie diesen Satz gesagt, war Alex mit Leon und Norman im Schlepptau schon im Felsen verschwunden. „Diese Racker", murmelte Alandra vor sich hin und bemühte sich mit den dreien Schritt zu halten. In der Höhle (oder was auch immer es sein mochte) herrschte pechschwarze Nacht und man konnte kaum seine Hände vor den Augen erkennen. Während sie langsam und umhertastend voran schritten, stieß Alandra plötzlich mit ihrem Fuß gegen etwas, das mitten auf dem Weg zu liegen schien. „Aua", schrie sie auf und hielt sich den Zeh. „Was ist passiert?", erkundigte sich Alex besorgt und trat zu ihr. „Ach, nichts", antwortete sie verärgert. Kurze Zeit später war der Schmerz soweit abgeklungen, dass sie einen Schritt nach vorne machen konnte. Jetzt bückte Alandra sich hinunter und tastete nach dem

Gegenstand, gegen den sie gestoßen war. Plötzlich ertastete sie wenige Meter von ihr etwas, das aus Holz war. Ganz langsam tastete sie ihn weiter ab, und schließlich hielt sie einen großen, breiten Ast in der Hand. „Verfluchtes Ding", murmelte sie und schmiss ihn im hohen Bogen davon. „Halt. Warum hast du das gemacht?", ertönte plötzlich eine Stimme aus der Ferne. Alandra, Mira und die Jungen drehten sich in die Richtung, aus der die Stimme kam. „Wer fragt das?" „Ich", ertönte abermals die Stimme. „Wer auch immer dort spricht….es kann dir doch egal sein, warum….." „Hört doch auf, euch gegenseitig fertig zu machen", fuhr Mira dazwischen. „Pssst!!", machte Norman und hielt den Zeigefinder vor die Lippen. „Hört ihr das auch, was ich höre?", flüsterte er. Auf einmal war es totenstill. Das einzige, was man jetzt hören konnte, war ein leises *Plopp*. „Wo kommt das her?", fragte Alex überrascht. „Ich denke, es kommt von da vorne. Vielleicht befindet sich dort ja noch ein weiterer Abschnitt", meinte Alandra. „Du könntest recht haben", gab Mira zu und lauschte dem Platschen. „Nun kommt schon", drängelte Leon, der ihnen schon ein paar Schritte vorausgegangen war.

Je tiefer sie in den Fels eindrangen, desto abfälliger wurde der Pfad, auf dem sie sich befanden. „Da, seht mal", schrie Leon plötzlich laut auf und deutete auf einen kleinen Lichtschimmer, der von außen in die Höhle fiel. „Das ist ja unglaublich", sagte Alex ganz begeistert und sah sich um. Dabei musste er feststellen, dass sie sich, ohne es bemerkt zu haben, im Zentrum des Felsens befanden. Während er sich weiter aufmerksam umschaute, konnte er einen Blick auf den nächsten

Abschnitt erhaschen. „Wir müssen uns…...“ „Wir sind im Zentrum des Felsens“, wurde Alandra durch eine jungenhafte Stimme unterbrochen. Verwundert drehte sich Alex um und stand nun dem Blondschopf gegenüber, den er von Anfang an nicht leiden konnte. Genervt musterte er ihn von oben bis unten. Schon jetzt, wie er so dort stand, bereute Alex, ihn auf das Schiff mitgenommen zu haben. „Ja, genau das wollte ich auch sagen“, manövrierte Alandra sich aus der Affäre. „Und jetzt wissen wir auch, wo das *Ploppen* herkommt“, warf Norman unverhofft ein und deutete auf eine Wasserlache, die sich wenige Meter von ihnen entfernt, gebildet hatte. Nun glitt sein Blick gen Höhlendecke. Das einzige, was er sehen konnte war pechschwarze Leere. Nur durch einen kleinen Lichteinfall war erkennbar, woher die kleinen Wassertropfen ihren Ursprung hatten. „Und wie gehen wir jetzt weiter vor?“, fragte er in die Runde. „Wir gehen natürlich weiter“, meinte Leon. Daraufhin erntete er murmelnde Zustimmung. Ohne ein weiteres Wort zu sagen, setzte er sich in Bewegung. Ein paar Meter weiter drehte er sich um und schaute zurück zu den anderen. Dann setzten sie ihren Weg gemeinsam fort.

Die erste Spur

„Warum hat sie uns nicht gesagt, was sie weiß?", fragte
Sarah verärgert in die Runde. Nun befanden sie sich
wieder auf ihrem Zimmer und überlegten, was jetzt zu tun
war. „Vielleicht hast du sie zu sehr bedrängt, Schatz",
erwiderte Brendan und sah seiner Frau dabei zu wie sie
auf und ab. „Dein Mann hat Recht, Sarah", stimmte
Valery ihm zu. „Aber vielleicht haben wir trotzdem noch
Glück und sie sagt es uns freiwillig." Sarah blieb stehen
und schaute sie mit einem grimmigen Gesichtsausdruck
an. „Aber wir haben doch nur noch den nächsten Tag.
Dann müssen wir hier wieder raus und haben kein
bisschen was erreicht", polterte Sarah los. Valery konnte,
obwohl sie so verärgert war, dennoch einen kleinen
Unterton der Verzweiflung wahrnehmen. „Sarah, wir
werden bestimmt noch einige Infos über unsere Kinder
bekommen", versuchte nun auch Ashley sie zu
beschwichtigen. „Ja, genau Schatz. Hör auf uns und setz
dich wieder hin", redete Brendan ruhig auf sie ein. „Es
hilft uns jetzt auch nicht weiter, wenn du Kuhlen hier in
den Fußboden rennst." Brendan begann leise über
seinen lustigen Einwand zu lachen.

Die Sonne begann bereits unterzugehen, als sich Valery,
die Bekstons und die Greemans zum Abendessen
begaben. Brendan und Sarah gingen schon einmal vor,
um für sie einen Tisch frei zu halten. Schließlich trafen
auch die anderen bei ihnen ein, sodass die beiden
losziehen konnten, um sich etwas zu essen zu besorgen.
Wenig später gesellten sich Brendan und Sarah wieder
zu den anderen und aßen mit ihnen gemeinsam zu

Abend. „Ihr entschuldigt mich kurz, aber ich muss mal die Toilette aufsuchen", sagte Sarah, stand auf und verließ die Gruppe.

Als sie wenig später in den Rezeptionsbereich trat, sah sie die ältere Dame, die noch immer in ihrer Klatschzeitschrift blätterte. Nachdem sie ihr Geschäft erledigt und die Toilette verlassen hatte, durchschritt sie abermals den Eingangsbereich. Nun passierte etwas, mit dem sie nie gerechnet hatte. Die ältere Dame hatte von ihrer Zeitschrift aufgeschaut und musterte sie nun aufmerksam von oben nach unten. „Sie sind doch die Mutter, die um jeden Preis ihren Sohn finden möchte", sagte sie auf einmal ohne Vorwarnung. Vollkommen überrascht drehte Sarah sich zu ihr um. Dann trat sie langsam an den Tresen. „Ja, die bin ich", erwiderte sie. „Es tut mir übrigens sehr leid, wenn ich Sie zu sehr bedrängt haben soll." „Ach, das macht doch nichts, Kindchen. Ich kann sehr gut nachvollziehen, dass Sie Ihren Sohn wiederhaben möchten." Sarah starrte sie erstaunt an. Dann wurde ihr Blick weicher und ihre Mundwinkel verzogen sich zu einem Lächeln. Zu Anfang konnte sie diese alte, schrullige Dame mit ihrer blöden Klatschzeitschrift nicht ausstehen. Doch jetzt, da sie zum ersten Mal munter das Gespräch gesucht hatte, war Sarahs Wut wie von Zauberhand verflogen. „Können Sie mir bitte sagen, was Sie über meinen Sohn wissen?", fragte Sarah vorsichtig. „Aber ja, natürlich." Auf diese Antwort hatte sie schon seit Stunden gewartet, und nun würde sie endlich etwas über ihren Sohn erfahren. Mit großen Augen schaute sie die Frau an und begann vor Anspannung an zu zittern. „Ich wollte es Ihnen schon die ganze Zeit sagen. Aber da Ihre Begleiter einen sehr mürrischen Eindruck gemacht haben, wollte ich Ihnen das lieber unter vier Augen erzählen", gestand sie. Gespannt wartete Sarah auf weitere Informationen. „Ihr Sohn war hier, aber nicht alleine", fuhr die Dame schließlich fort. *Er war hier.....,aber mit wem?*, fuhr es Sarah durch den Kopf. Das Zittern wurde immer heftiger. „Wer war noch hier?", fragte sie völlig erschlagen von der neuen Erkenntnis. „Er war mit einem Mädchen hier. Ich glaube, sie hieß Mira und Ihr Sohn heißt....." „Norman! Er heißt Norman", platzte sie dazwischen. „Ah ja, richtig." Danach schauten sir sich schweigend an. Sarah nutzte die kurze Stille, um sich wieder zu beruhigen. „Wissen Sie auch, wo die beiden hin sind?", durchbrach sie schließlich die Stille. „Ja, sie sind mit dem Boot, das hier ab und zu anlegt, mitgefahren." Endlich, endlich war der Spuk vorbei und sie konnte mit Brendan gezielt nach ihrem Sohn suchen. „Ich danke Ihnen vielmals, dass Sie mir das erzählt haben", bedankte sie sich schließlich bei der Rezeptionistin. Sarah war gerade im Begriff wieder in die Mensa zu den anderen zu eilen, da erklang nochmals die Stimme der alten Dame. „Sie haben Glück. Das Boot, mit dem Ihr Sohn gefahren ist, legt morgen früh um 9:00 Uhr an. Vielleicht nimmt Sie der Skipper ja mit."

„Ist das wahr?", fragten sie im Chor, als Sarah wieder zum Rest der Gruppe gestoßen war und ihnen alles erzählt, was ihr die Dame am Empfang berichtet hatte. „Ja, zu 100%. Ich denke nicht, dass sie mich einfach so angelogen hat. Schließlich hat sie ja gesehen, wie verzweifelt ich war, als wir nichts über unsere Kinder herausgefunden haben." „Und du meinst wirklich, dass wir auf dieser Insel noch näheres herausfinden?", fragte

Ashley nachdenklich. „Ja, ich denke schon. Wenn wir es noch nicht einmal versuchen, frage ich mich, warum wir dann überhaupt diesen langen Weg auf uns genommen haben." „Ich sehe das ganz genauso", pflichtete Valery Sarah bei. „Na schön. Dann sollten wir aber schleunigst ins Bett, damit wir für morgen fit sind", meinte Brendan bestimmt und stand auf. Gemeinsam gingen sie auf ihr Zimmer.

Am nächsten Morgen war Sarah vor allen anderen wach. Leise kletterte sie aus dem Bett, zog sich an und packte schon mal Brendans und ihre Sachen zusammen. Es war 7:00 Uhr, als auch die anderen aus ihren Betten krochen. Eine halbe Stunde später hatten sie alle Sachen zusammen und gingen geschlossen zum Frühstück. „Wir sollten gleich, wenn wir fertig sind, unsere Betten abziehen und dann schon mal auschecken", meinte Brendan und nippte an seinem Kaffee. „Das klingt nach einem guten Plan, Schatz", erwiderte Sarah und schenkte ihrem Mann ein fröhliches Lächeln. Nachdem sie zu Ende gefrühstückt hatten, gingen sie zum letzten Mal aufs Zimmer, wo sie wie vereinbart ihre Betten abzogen. Danach schnappten sie sich ihr ganzes Gepäck und gingen zum Empfang. „Oh, Sie wollen uns schon verlassen?", fragte die Dame, als sie an den Tresen traten. Dieses Mal saß ihnen nicht die alte Dame gegenüber, sondern eine etwa 30 jährige Frau mit dunkelbraunen, kurzen Haaren. Ihr Gesicht war sehr schmal. An ihren Ohrläppchen hingen silberne Ohrringe mit einem dunkelblauen Stein in der Mitte. Irgendwie war Sarah traurig darüber, dass nicht die ältere Dame hinterm Tresen saß, da sie sich gerne von ihr verabschiedet hätte. „Ich hoffe, Ihnen hat der Aufenthalt bei uns gefallen", sagte sie freundlich und nahm ihre Karten entgegen. „Gut, das wäre es. Ich wünsche Ihnen eine angenehme Heimreise." Nachdem sie sich von der Frau verabschiedet hatten, schnappten sie sich ihre Sachen und gingen nach draußen. „Aber was machen wir mit unserem Auto, Schatz?", fragte Sarah nachdenklich. Plötzlich fiel allen wieder ein, dass sie nicht mit einem Taxi, sondern mit dem Auto der Greemans gefahren waren, was sie durch die Vorkommnisse verdrängt hatten. Valery hingegen hatte einen Teil zu Fuß und den anderen mit dem Bus zurückgelegt. „Das muss leider hier stehen bleiben, Schatz." „Können wir das so einfach? Nehmen wir dadurch nicht den anderen Gästen einen Platz weg?" Nachdenklich ließ Brendan seinen Blick von der Herberge und zum Auto hin und her gleiten. „Wartet hier. Ich kläre kurz etwas." Kaum hatte er dies gesagt, war er auch schon davon gegangen. „Ich frage mich, was uns dort erwartet. Bekommen wir die Informationen, die wir brauchen, um unseren Kindern einen Schritt näher zu kommen?", wandte sich Ashley an die Gruppe. „Ich bin überzeugt davon, dass wir auf dem richtigen Weg sind", erwiderte Valery überzeugt. „Womöglich hast du recht", entgegnete Sarah.

„Entschuldigen Sie bitte", sagte Brendan, als er abermals die Herberge betrat und direkt auf den Tresen zusteuerte. „Ja? Oh, haben Sie etwas vergessen?", fragte die Frau freundlich. „Kann man so sagen. Es geht nämlich um unser Auto. Da wir wohl jetzt eine Weile weg sein werden, wollte ich Sie fragen, ob ich es auf Ihrem Parkplatz stehen lassen kann oder ob ich es umparken muss." Die Frau starrte ihn verwundert an. „Habe ich Sie richtig verstanden? Sie sind weg und fragen mich, ob Sie Ihr Auto auf unserem Parkplatz stehen lassen dürfen?" Brendan nickte nur. „Sie fahren also nicht nach Hause?" „Nein." „Okay......" Brendan merkte, dass ihr diese Situation etwas komisch vorkam. Daher entschied er sich für die Wahrheit. „Wir sind auf der Suche nach unseren Söhnen", versuchte er die Situation zu erklären. Während er sprach, deutete er auf Valery, Ashley, Luke und Sarah, die immer noch draußen standen und gut durchs Fenster zu sehen waren. Die Frau schaute ihn ungläubig an, und man konnte ihr förmlich ansehen, dass ihr diese Geschichte überhaupt nicht geheuer war. „Vor einiger Zeit hat die Familie Bekston mit ihrem Sohn und seinen Freunden hier Urlaub gemacht. Als sie am nächsten Morgen aufgestanden waren, waren die Kinder plötzlich spurlos verschwunden. Wir hatten großes Glück, dass unser Sohn wieder zu uns gefunden hat. Aber dies hielt nicht lange an, da er ein paar Tage später wieder urplötzlich verschwunden war", sprudelte es nur so aus ihm heraus. „Ich kann sehr gut nachvollziehen, wie das für Sie klingen muss. Aber es ist die pure Wahrheit." Ein Schweigen trat ein, in dem sich Brendan und die Empfangsdame stumm musterten. Irgendwann hielt er das Schweigen nicht mehr aus und sagte: „Die ältere Dame, die bis gestern hinter diesem Tresen gesessen hat, hat uns erzählt, dass heute hier das Boot anlegen soll, mit dem mein Sohn in Begleitung eines Mädchens zu der naheliegenden Insel gefahren sein soll. Deswegen müsste ich unser Auto hier stehen lassen und meine Frage ist nun, ob ich es umparken soll oder ob es dort, wo es jetzt steht, stehen lassen kann."

Während Brendan sich angeregt mit der Empfangsdame über ihre Situation unterhielt, standen die Bekstons, Valery und Sarah ahnungslos draußen und fragten sich, was dort vor sich ging, da es schon eine Weile dauerte. „Dein Mann müsste doch eigentlich schon zurück sein", merkte Valery an und schaute sich nach ihm um. Doch nirgends war er zu sehen. „Hm, komisch", meinte Sarah und biss sich auf die Unterlippe. „Soll mal jemand von uns reingehen und nachschauen, was er da macht?", schlug Ashley vor. „Nein. Ich denke, dass das nicht nötig ist", murmelte Sarah leise vor sich hin. Aber ganz so sicher war sie ihrer Sache nicht. Vielleicht konnte er wirklich nicht die Dame überzeugen, ihr Auto nur für eine Weile hier stehen zu lassen. *Er schafft das. Ich glaube ganz fest an dich, Schatz!*, dachte sie und schaute angespannt zur Herberge hinüber.

„Von mir aus, können Sie es hier stehen lassen. Aber ich garantiere für nichts", sagte die junge Frau schließlich. „Haben Sie vielen Dank", erwiderte Brendan erleichtert. Dann verabschiedete er sich ganz freundlich von ihr und machte sich auf zu seiner Frau, die bestimmt schon sehnsüchtig auf ihn wartete. „Da bist du ja endlich. Ich dachte, dir sei etwas passiert", begrüßte ihn seine Frau. „Ach quatsch. Es hat nur ein bisschen länger gedauert, sie davon zu überzeugen, unser Auto hier stehen zu lassen", erwiderte Brendan und gab ihr einen kleinen Kuss auf die Wange. „Dann können wir uns ja endlich runter zum Steg begeben", sagte Valery, die schon seit geraumer Zeit ihr Gepäck geschultert hatte. Da die Bekstons schon hier gewesen waren, gingen sie allen voran zum Meer hinunter. Das Wasser lag ruhig da. „Ist das herrlich hier", sagte Valery und ließ ihren Blick übers Meer gleiten. Plötzlich erhaschte sie einen Blick auf die naheliegende Bucht, die von hohen Felsen umringt war. „Was dort hinten wohl ist?", fragte sie neugierig in die Runde. „Keine Ahnung", erwiderte Sarah und zuckte mit den Schultern. „Wartet hier, ich bin gleich wieder da." „Wo willst du denn hin?", rief Sarah ihr hinterher. „Mir nur mal kurz die Bucht anschauen", brüllte Valery zurück. „Aber....das Schiff." „Das soll doch erst in einer halben Stunde kommen. Bis dahin bin ich längst wieder zurück." „Warte, ich komme mit." „Schatz, ich bin gleich wieder da", sagte Sarah. „Okay, aber passt auf euch auf", mahnte Brendan. „Hey, ich komme auch mit." Nun gesellte sich auch Ashley zu Sarah, und beide jagten Valery hinterher. „Frauen", sagte Brendan und grinste.

Inzwischen hatten Ashley und Sarah Valery eingeholt, und gemeinsam liefen sie zur Bucht. Als sie dort ankamen, sahen sich die drei Mütter aufmerksam um. Zuerst war nichts auffälliges zu sehen, das sie in irgendeiner Weise auf die Spur ihrer Kinder bringen konnte. Doch dann entdeckte Valery im Wasser eine kleine Kerbe, die sich durch den Sand zog. „Schaut mal", sagte sie aufgeregt und deutete mit dem Zeigefinger genau auf die Stelle. Ashley und Sarah stießen zu ihr. „Hast du etwas gefunden?", fragte Sarah angespannt. „Vielleicht. Seht euch mal diese Kerbe hier im Sand an. Es ist zwar nur noch sehr wenig davon zu sehen, aber ich denke, dass die hier von etwas schwerem entstanden sein muss, das durch den Sand gezogen worden ist." „Worauf willst du hinaus?", fragte Ashley etwas verwirrt.

Sie konnte sich absolut keinen Reim darauf machen, was Valery ihnen damit sagen wollte. „Denk mal ganz genau nach, Ashley. Seit wann waren die Kinder nicht mehr aufzufinden? Habt ihr irgendetwas gehört oder mitbekommen, bevor die Kinder endgültig verschwanden?" Ashley schaute sie sprachlos an. Dann begann sie fieberhaft zu überlegen, was in der Nacht geschehen sein könnte, in der ihr Sohn mit den anderen beiden Jungen verschwunden sind. „Hm....", sagte sie und schaute angestrengt aufs Wasser. „Ich weiß nicht...." „Los, du schaffst das, Ashley", sprach Sarah ihr Mut zu. „Ich weiß ganz genau, dass du uns mit dieser Information sehr weit bringen kannst." Es verstrichen weitere Minuten, ehe Ashley wieder etwas von sich gab. „Wartet mal....ja, da war wirklich was." „Ja???? Was denn? Was hast du denn mitbekommen?", fragten sie im Chor. „Ich habe ein Geräusch gehört, als ob sich jemand anzieht. Und dann war noch das Geräusch von einer Tür zu hören, die ganz leise geschlossen wurde. Aber ich habe das nicht für bare Münze genommen, da ich schon fast eingeschlafen war." „DAS IST ES!!!", schrie Valery plötzlich auf. Sarah und Ashley wichen erschrocken einen Schritt zurück. „Was hast du? Warum schreist du auf einmal?", fragte Sarah an Valery gewandt. „Na, kommt schon. Ihr wisst doch auch bestimmt schon, was hier passiert ist, oder?" „Äh....nein, nicht wirklich", erwiderte Ashley perplex. „Du sagtest doch, dass du gehört hast, wie sich jemand angezogen hat. Und dann kam gleich darauf das leise Geräusch einer sich schließenden Tür", erklärte Valery den beiden ihre Gedanken. „Das ich eine Tür gehört habe, die sich leise geschlossen haben soll, war doch nur im Schlaf. Es muss ja nicht wirklich so gewesen sein", versuchte Ashley sich zu erklären. „Ich bin da aber anderer Meinung", konterte Valery. In ihren Augen blitzte die vollkommene Überzeugung auf. „Denn ich denke, dass hier ein großes Schiff gestanden haben muss, das die Neugier unserer Kinder entfacht hat." „Aber.....aber wie kommst du jetzt darauf?", fragte Sarah verblüfft. „Na, ist doch ganz einfach. Diese Kerbe hier kann nur von einem Anker herrühren, der während des Hochziehens durch den Sand gezogen wurde. Ashley und Sarah starrten Valery mit großen Augen an. Sie konnten überhaupt nicht fassen, was sie da hörten. „Du spinnst doch", warf Ashley schließlich ziemlich bissig ein. „Da muss ich ihr Recht geben, Valery. Wer lässt denn bitte drei Jungen auf einem fremdem Schiff zurück? Also ich ganz sicher nicht." „Na schön. Aber wie erklärt ihr euch, dass die Kinder einfach so weg bleiben und nicht wieder kommen?" „Wer weiß. Vielleicht haben sie sich ja verlaufen und finden den Weg nicht mehr zurück", versuchte Ashley die Situation schön zu reden. Valery lachte plötzlich laut auf. Die beiden Frauen starrten sie verwirrt an. Nachdem sich Valery wieder von ihrem Lachanfall erholt hatte, sagte sie: „Aber wie passt dann die Geschichte von deinem Norman mit der ganzen Sache überein? Denkst du, er hat sich diese ganze Story nur ausgedacht? Durch diese Kerbe hier im Sand haben wir doch den eindeutigen Beweis, dass er euch die Wahrheit gesagt hat." „Aber eines verstehe ich nicht....wir haben knapp zwei Wochen auf eine Information von der Polizei gewartet. Wie kann dann bitteschön diese Kerbe hier noch im Sand sein, wenn dieser Vorfall schon eine Weile zurückliegt?", hakte

Sarah eindringlich nach. „Nach dieser Zeit hätte die Kerbe nicht mehr zu sehen sein dürfen, da sie durch die leichte Strömung, die gleichzeitig den Sand aufwirbelt, verschlossen wird." Valery schaute sie verdutzt an. *Vielleicht hat sie gar nicht so Unrecht. Hat mir meine Fantasie etwa doch nur einen Streich gespielt? Oder habe ich gehofft, dass wir auf dem richtigen Weg sind?*, dachte sie sich und schaute zu Boden. In diesem Moment rief Brendan zu ihnen hinüber, dass das Boot bereits in Sichtweite sei. „Kommt, wir gehen", sagte Sarah und schritt den anderen voran, zu ihren Männern zurück.

„Und habt ihr dort etwas gefunden, was uns weiter bringen kann?", fragte Brendan neugierig. „Nein...."
„Doch, haben wir. Also nicht wir, sondern Valery", preschte Ashley vor. Als plötzlich wieder ihr Name fiel, hob sie ihren Kopf und schaute sich überrascht um. „Ich dachte, wir seien uns einig, dass es so nicht gewesen sein kann", sagte Sarah bestimmt. „Du warst der Meinung, ja", gab Ashley zu. „Aber irgendwie teile ich ihr Gefühl, dass es wirklich so gewesen sein könnte."
„Könnte uns jemand mal aufklären?", bat Brendan vollkommen verdutzt. „Können wir gleich machen. Das Boot ist nämlich schon da", antwortete Sarah mürrisch. Kurz darauf schulterten sie ihre Sachen und steuerten geradewegs auf den Mann zu, der im selben Moment von dem Boot gesprungen war. Er trug, wie man es von einem Seemann erwartete, eine graue Schirmmütze, eine blaue Latzhose und grüne Gummistiefel. Unter den Trägern der Hose kam ein weißes Trägershirt zum Vorschein. „Entschuldigen Sie." „Ja?" „Ich habe gehört, dass Sie zu einer naheliegenden Inseln fahren." „Ja, das

ist richtig. Ich bin auch ziemlich in Eile", erwiderte der Mann. „Wäre es eventuell für Sie möglich, dass Sie uns zu dieser Insel mitnehmen?" Plötzlich hob der Mann den Kopf und schaute sie fragend an. „Was wollen Sie denn da?", fragte er mit hochgezogenen Augenbrauen. „Ich und meine Begleiter…..." „Wir alle sind auf der Suche nach unseren Kindern, die vor einiger Zeit verschwunden sind", erklärte Brendan dem Mann, ohne auf die wütenden Gestiken seiner Frau zu achten. „Oh. Und deshalb wollen Sie alle dorthin?" „Ganz genau. Die ältere Dame aus der Herberge hat mir nämlich erzählt, dass mein Sohn in der Begleitung eines Mädchens nochmal hierher gekommen und mit Ihrem Boot übergesetzt sei", entgegnete Sarah. Jetzt schaute der Mann auf seine Füße hinab und überlegte. „Ah ja. Ich weiß, wen Sie meinen", kam es plötzlich aus ihm heraus. „Ich kann mich noch sehr gut an die beiden erinnern, weil der Junge sehr viel Geld für sein Alter dabei hatte." Sarah schaute Brendan mit großen Augen an. Aber auch er konnte sich keinen Reim darauf machen, was das zu bedeuten hatte. „Und? Nehmen Sie uns jetzt auf ihrem Boot mit?", fragte Valery, die zu ihnen getreten war. Er schaute erst zu Valery dann zu Sarah. „Wir würden Sie auch für die Überfahrt bezahlen", bot Brendan an. „Also Sie…..." „Ja, wir fünf möchten gerne mit Ihnen fahren." „Okay, abgemacht. Über die Bezahlung reden wir, wenn wir da sind. Kommen Sie einfach schon mal an Bord, solange ich noch etwas klären gehe." Mithilfe des Mannes hatten sie in weniger als fünf Minuten ihre Sachen auf das Boot verfrachtet. „Ich hoffe, wir kommen unseren Kindern auf die Spur", sagte Ashley. „Na sicher doch, Schatz. Dank Sarah haben wir schon einen richtig guten Anhaltspunkt",

beruhigte Luke seine Frau. „Hoffentlich behälst du recht."
„Bestimmt hat er das", sagte Valery lächelnd. „So",
ertönte plötzlich die Stimme des Bootsführers. „Es ist
alles geklärt. Ich bin übrigens Ramon." „Schön dich
kennenzulernen. Ich bin Valery und das hier sind Sarah,
Brendan, Luke und Ashley", ergriff Valery für alle das
Wort. „Wir sind insgesamt drei Familien, die ihre Kinder
vermissen. Und da uns die Polizei uns eh nicht helfen will
oder kann, haben wir beschlossen, uns selber auf die
Suche zu begeben." „Alle Hochachtung", sagte Ramon
und musterte jeden einzelnen von oben nach unten.
„Darf ich fragen wie lange schon eure Kinder
verschwunden sind?", fragte er vorsichtig nach. „Es ist
schon eine gefühlte Ewigkeit her. Seitdem wir realisiert
haben, dass sie wirklich verschwunden sind, sind
vielleicht knapp zwei Wochen vergangen", erwiderte
Valery. „Ah ja. Und wie kommt es, dass ihr euch jetzt erst
auf die Suche begebt?" Valery und die anderen schauten
ihn verständnislos an. „Na, wenn meine Kinder weg
wären, wäre ich nicht so seelenruhig zu Hause geblieben
und hätte die Polizei eingeschaltet", sagte Ramon mit
geschwellter Brust. „Entschuldige mal", entgegnete
Brendan zornig. „Wir hatten alle gehofft, dass sie nach
einer Weile wieder auftauchen. Aber als wir feststellen
mussten, dass dies nicht der Fall sein würde, hatten wir
keine andere Wahl als sie bei der Polizei als vermisst zu
melden." „Ja, genau", bekräftigte Sarah Brendans
Aussage. „Leider konnten wir nichts unternehmen, da wir
auf die Polizei warten mussten. Nach einer weiteren
Woche haben wir dort angerufen, um in Erfahrung zu
bringen, ob sie schon etwas hätten. Doch dem war nicht
so." Sarah stockte und holte einmal tief Luft. Dann setzte

89

sie ihren Vortrag fort: „Weil ich dann so wütend war, habe ich zusammen mit meinem Mann beschlossen, uns mit den anderen Eltern in Verbindung zu setzten, um unsere Kinder mit vereinten Kräften zu suchen." „Ich hatte ebenfalls dieselbe Idee und bin schon mal dort oben in der Herberge abgestiegen", schloss Valery mit diesen Worten Sarahs Vortrag ab. Daraufhin trat ein langes Schweigen ein, in dem Ramon sich stumm an den Seilen zu schaffen machte. „Entschuldige bitte. Ich wollte eigentlich nicht so plärren", sagte Sarah leise und ging einen Schritt auf Ramon zu. „Ist schon in Ordnung", meinte er nur und schmiss die Seile aufs Boot. „Ich wäre wahrscheinlich genauso wie du in Rage gewesen, wenn ich in deiner Situation stecken würde", erwiderte er. „Ich wäre dann startklar. Verstaut euer Gepäck lieber unter Deck, sonst könnte es noch bei heftiger Schräglage ins Wasser fallen", sagte er dann etwas lauter und begab sich hinters Steuerrad. Wie geheißen, schnappten sie sich ihr Gepäck und brachten es unter Deck. Plötzlich hörte man den Motor des Bootes aufheulen. Dann gab es einen kleinen Ruck und das Boot setzte sich in Bewegung - ihren Kindern entgegen.

Die Kristallhöhle

„Was machen wir denn jetzt?", fragte Alex ratlos in die Runde. In diesem Moment standen sie an einer Weggabelung und keiner wollte den ersten Schritt machen, da sie nicht wussten, wohin sie die Wege führten. „Ich würde vorschlagen, dass ich mit ein paar Leuten den linken Abzweig nehme und ihr hier wartet", sagte Alandra schließlich. „Und wie lange bist du dann unterwegs? Wir können doch nicht ewig auf dich warten." „Halt, halt, Alex. Ich werde so schnell wie möglich wieder kommen. Außerdem denke ich nicht, dass beide Wege uns noch weiter durch die Höhle führen", versicherte sie ihm. „Bist du dir sicher?", fragte Mira. „Falls nicht, komme ich mit." „Macht euch keine Sorgen. Ich werde jetzt gehen und dann komme ich auch gleich wieder." Und so geschah es: Alandra suchte sich eine Hand voll Männer aus, die sie begleiten sollten. Danach war sie mit ihnen im Tunnel verschwunden. „Ob sie wohl richtig mit ihrer Vermutung liegt?", fragte Norman nachdenklich. „Aber sicher doch", erwiderte Alex bestimmt. „Ich hoffe, du hast recht." Während sie warteten, war nur das Geräusch der herabstürzenden Wassertropfen zu hören. Plötzlich konnte Alex nicht mehr an sich halten und wollte ihr nach rennen. „Halt! Stop, Alexander Nightmore!", brüllte Mira und hielt ihn am Arm zurück. „Lass mich los. Ich will jetzt wissen, warum es so lange dauert", schrie er zurück. „Ihr wird bestimmt schon nichts passiert sein", redete sie beruhigend auf ihn ein. Schließlich erbarmte er sich und gesellte sich wieder zu den anderen. „Was war denn hier los? Warum habt ihr auf einmal so geschrien?", ertönte plötzlich Alandras Stimme aus dem Tunnel. Wie von einer Tarantel gestochen drehte Alex sich abrupt und sah sich nun Alandra gegenüber, die soeben aus dem Gang herausgetreten war. „Alex wollte dir hinterher laufen, aber ich habe ihn davon abhalten können", sagte Mira. „Also konnte es unser kleiner Alex wieder mal nicht abwarten und bei der Party mitspielen, was", meinte Alandra grinsend. Darauf folgte lautes Gelächter. Gedemütigt schaute Alex auf seine Schuhe herab. „Das ist doch nicht schlimm, Alex", sagte sie und legte ihm eine Hand auf die Schulter. „Ich wollte doch nur mal einen kleinen Witz machen, damit hier mal wieder gelacht wird." Langsam hob er wieder den Kopf und schaute sie an. „So sehe ich dich gerne", meinte sie, als ein kleines Lächeln auf seine Lippen trat. „Was habt ihr eigentlich herausgefunden?", erkundigte sich Leon. „Der linke Weg hier führt uns wirklich, so wie ich es von Anfang an gedacht habe, nach draußen", antwortete Alandra. „Oh sehr gut. Dann kommen wir auch wieder hier raus", meinte Norman erleichtert, der schon befürchtet hatte, dass sie keinen Weg mehr nach draußen finden würden. „Aber wir sollten uns so langsam sputen, wenn wir heute noch den Schatz finden wollen", erklärte Alandra. „Warum?", fragte Alex perplex, der sich nach dem Gelächter nun wieder gefangen hatte. „Na, weil wir erstens noch gar nicht wissen, wie lange wir noch gehen müssen, um überhaupt zum Schatz zu gelangen und zweitens steht die Sonne mittlerweile so tief, dass es nicht mehr lange dauert, bis sie endgültig untergeht", klärte sie ihn auf. „Dann sollten wir uns schleunigst aufmachen, damit wir nicht im Dunkeln zum Schiff laufen müssen", erwiderte Mira. „Sehe ich auch so", sagte Alandra und nickte kräftig mit dem Kopf. „Gut, dann los", sagte Alex aufgeregt.

Zielstrebig folgten sie immer weiter dem Pfad, bis Norman plötzlich stehen blieb. „Hey, warum gehst du nicht weiter?", protestierte Leon, der fast in ihn hineingerannt wäre. „Schaut doch mal da hinten", erwiderte Norman und zeigte mit einem Finger auf ein kleines, helles Licht, das sich am Ende des Weges befand. „Was ist das denn für ein Licht?", fragte Alex neugierig. „Keine Ahnung", meinte Norman schulterzuckend. „Nun kommt schon. Oder wollt ihr nicht wissen, woher es kommt?", forderte Alex sie auf, ihm zu folgen. Es dauerte nicht lange, da standen sie mitten in einem Meer von Kristallen, die sich nicht nur am Boden, sondern auch an der Höhlenwand befanden. Egal, wohin sie schauten: Überall waren Kristalle. „Seht mal her", schrie Norman auf und deutete mit einem Finger auf eine Höhlenwand, die nur aus Glas zu bestehen schien. „Aber….aber wie ist das nur möglich?", fragte Alex immer noch fasziniert von diesem Anblick. Plötzlich rannte Norman zu einem aus dem Boden gewachsenen Kristall hinüber, der wie ein Gefäß für Wasser aussah. Langsam beugte er sich darüber. Auf einmal bekam er ganz große Augen. „Was ist denn los?", fragte Alex besorgt und kam zu ihm hinüber. Doch Norman antwortete ihm nicht. Jetzt trat Alex an das Gefäß und schaute auf eine kleine Wasserlache herab, die sich dort schon vor einiger Zeit gebildet haben musste. „Was ist denn los, Alter? Da ist doch nichts außergewöhnliches zu sehen." „Aber hier", drang plötzlich Leons Stimme an sein Ohr. Alex spähte zu ihm hinüber und sah, dass er ebenfalls über einem Gefäß gebeugt stand. „Wollt ihr mich verarschen?", fragte er verärgert, nachdem er zum wiederholten Mal auch bei Leon nichts sehen konnte. „Nein, echt nicht. „Vielleicht solltest du es dort hinten mal probieren", meinte Alandra und zeigte auf ein drittes Gefäß. „Aber was ist…..", wollte er protestieren, aber Alandra unterbrach ihn. „Wenn du es nicht versuchst, kannst du nie wissen, was deine Freunde sehen", sagte sie bestimmt, sodass Alex nun nicht anders konnte, als dorthin zu gehen. Mit einer schieren Ungewissheit, was jetzt passieren würde, schritt er ganz langsam an den, aus dem Boden herausragenden Kristall heran, stellte sich behutsam auf einen kleinen Vorsprung, der sich davor befand und beugte sich vorn über. Zuerst war das Wasser so klar, dass man den Boden erkennen konnte. Doch dann fing es plötzlich ohne Alex´ Zutun an, Wellen zu schlagen, die immer größer wurden. Alex stockte der Atem, als er dort im Wasser auf einmal seine Mutter erblickte, die ganz alleine in einem Sessel hockte und fernsehen schaute. „Das…...das ist doch unmöglich", flüsterte er und wandte seinen Kopf von dem traurigen Bild ab. „Seht ihr auch eure Eltern?", fragte er Norman und Leon. Beide nickten stumm. „Aber wie…...wie kann das sein? Warum werden uns unsere Eltern gezeigt?" „Vielleicht, damit ihr versteht, was sie gerade durch machen müssen", erwiderte Alandra leise und berührte ihn sanft am Arm, als sie merkte, dass ihm eine Träne das Gesicht herunter rann. „Hey, schaut euch das mal an", schrie Norman plötzlich auf. Von der Lautstärke vollkommen überrascht, schreckten Alex und Leon hoch und schauten gespannt zu Norman hinüber. „Warum schreist du denn so? Was siehst du denn?" „Ich….ich sehe meine Eltern, wie sie miteinander reden und wie meine Mutter zum Telefon geht", berichtete er den beiden. „Was siehst du noch?", hakte Leon mit sich fast überschlagender Stimme. „Sie

wählt eine Nummer und fängt mit jemandem ein
Gespräch an. Aber wartet mal…....wow...", hörte man nur
noch und dann war alles still. „Norman? Norman? Alles
okay mit dir?", fragte Mira besorgt und packte ihn kräftig
am Arm. Aber auch das brachte nichts, um ihn aus seiner
Starre zu bringen. „NORMAN GREEMAN", brüllte Alex
ihm mitten ins Ohr. Wie von der Tarantel gestochen,
schreckte Norman hoch und wäre beinahe von dem
kleinen Sockel gefallen, wenn nicht Mira hinter ihm
gestanden hätte. „Warum hast du uns nicht
geantwortet?", fragte Leon ihn mit einem besorgten Blick
im Gesicht. „Was?", fragte Norman verdattert. „Wir
wollten wissen, was du gesehen hast, aber du hast uns
gar nicht mehr geantwortet", meinte Leon.
„Achso….ja….." „Nun spuck es aus", versuchte Alex ihn
aus der Reserve zu locken. „Ich habe meine eigene
Mutter dabei beobachtet, wie sie am Telefon einen
richtigen Wutanfall bekommen hat." Alex, Leon, Alandra
und Mira schauten ihn mit geweiteten Augen an. „Bist du
dir da auch wirklich sicher?", erkundigte sich Alex
unsicher. „Ja, natürlich bin ich das. Ich habe sie noch nie
so erlebt." „Das ist ja krass", sagte Leon. Dann gingen er
und Alex wieder zu ihren Kristallbecken und schauten
nochmals hinein. Plötzlich sah Alex seiner Mutter dabei
zu wie sie ebenfalls ein Telefonat führte. „Das ist ja
unglaublich", sagte Alex und warf einen verdutzten Blick
zu Leon und Norman hinüber. „Was ist?", fragten beide
im Chor und lachten. „Meine Mutter hat auch ein
Telefonat geführt." Die beiden schauten ihn verdattert an.
„Du spinnst doch", erwiderte Leon brüsk. „Nein, tue ich
nicht!" „Wartet mal, Jungs", platzte Alandra dazwischen.
„Bevor ihr euch noch die Köpfe einhaut, solltet ihr mal

darüber nachdenken, was das zu bedeuten hat." Leon, Alex und Norman schauten sich schweigend an. Man konnte förmlich sehen wie es in ihren Hirnen arbeitete. „Ich glaube, ich habe es", meinte Norman. „Was glaubst du, hat das alles zu bedeuten?" „Ich kann mir folgendes vorstellen: Meine Mutter hat bei der Polizei angerufen, um von denen neue Informationen über uns zu bekommen. Da dies aber nicht der Fall war, ist sie vollkommen ausgerastet und hat deswegen so dermaßen mit den Armen hin und her gewirbelt. Und danach muss sie deine Mutter kontaktiert haben." „Jedenfalls kann ich mir das nur so vorstellen", setzte er noch hinzu, als er Alex´ verwirrten Gesichtsausdruck sah. Ohne ein weiteres Wort zu sagen, wandte Alex seinen Blick von Norman ab und schaute wieder ins Wasser. Erneut wurde er Zeuge, wie seine Mutter ein weiteres Telefonat führte. Aber dieses Mal war in dem Raum, in dem sie sich befand, kein Licht zu erkennen. Daraus schloss er, dass es entweder morgens oder mitten am Tag sein musste. Nachdem sie den Hörer aufgelegt hatte, begann sie fieberhaft einige Sachen zusammen zu packen. Plötzlich überkam Alex ein mulmiges Gefühl, als er dabei zusah wie Valery einen kleinen Brief formulierte, den sie kurze Zeit später außen an der Haustür befestigte. „Hey, was ist denn los mit dir?", fragte Alandra besorgt. Alex schaute sie an. Sein Gesicht hatte seine Farbe verloren. Nun stand er ihr kreidebleich gegenüber. „Was ist los?", bohrte Leon nach, der ebenfalls Alex´ Veränderung bemerkt hatte. „Meine Mutter......", begann er, aber weiter kam er nicht. „Was ist mit ihr? Was hast du gesehen?" Doch Alex blieb stumm. Der Kloß in seinem Hals war einfach zu groß, um zu antworten. Um der

Sache auf den Grund zu gehen, half Leon Alex von dem kleinen Sockel herunter und stellte sich darauf. Jetzt beugte er sich über den Rand des Gefäßes und blickte aufs Wasser. „Ich sehe ja gar nichts", sagte er verwundert. „Wie?", fragte Norman und schaute Leon fragend an. „Ich sehe hier drin weder meine Eltern, noch die Mutter von Alex", erklärte er. „Hm......" „Meine Mutter......", begann Alex erneut. Leon, Norman und die Mädchen glotzten ihn ganz gespannt an. „Meine Mutter......sie hat sich auf die Suche nach mir begeben." „Was????? Ist das dein Ernst?", fragte Leon etwas lauter, als beabsichtigt. „Ja. Ich habe sie dabei beobachten können wie sie einen kleinen Brief am PC verfasst hat." „Aber das sagt doch noch lange nichts darüber aus, dass sie sich wirklich auf den Weg gemacht hat", erwiderte Alandra nachdenklich. „Doch, hat sie aber. Sie hat sogar den Breif ausgedruckt und außen an unsere Haustür geklebt." Auf einmal herrschte Totenstille. Keiner sagte irgendetwas, oder bewegte sich. Leon und Norman starrten ihn nur mit offenen Mündern an, während Alandra nachdenklich an die Decke schaute. „Dann heißt das....", meinte Leon aufgewühlt und sprang von dem kleinen Sockel herunter, um im gleichen Moment zu seinem Kristallgefäß zu sprinten. Kurz darauf sah man wie sich seine Augen vor Erstaunen weiteten und immer größer wurden. Schließlich sagte er: „Ich......ich glaub das einfach nicht." „Was?", fragten Norman und Alex gleichzeitig. „Meine Eltern......sie packen gerade ein paar Sachen zusammen." „Das ist einfach unglaublich", murmelte Alandra plötzlich vor sich hin. „Was meinst du damit?", fragte Alex, der sich wieder gefangen hatte. „Ja, genau. Was ist denn so unglaublich?" „Eure Eltern machen sich auf die Suche nach euch. Das finde ich so unglaublich", meinte sie nur. „Meinst du das wirklich? Kann es nicht einfach nur ein Zufall sein, dass sie gerade jetzt ein paar Sachen in irgendeine Reisetasche werfen, um mal auf andere Gedanken zu kommen?", wandte er sich an Alandra. Sie schüttelte nur den Kopf. „Nein, das kann kein Zufall mehr sein. Schau nochmal hinein, vielleicht findest du dann ja deine Antwort darauf." Leon tat wie geheißen. Plötzlich hatte sich die Szene geändert, und jetzt sah er seine Eltern mit zwei weiteren Erwachsenen zusammen stehen. „Das, das gibt es doch gar nicht", sprudelte es auf einmal aus ihm heraus. „Und hast du deine Antwort auf deiner Frage gefunden?", erkundigte sich Alandra. „Ja, ich denke schon. Aber das kann unmöglich wahr sein." „Wieso nicht? Es kann doch gut möglich sein, dass sich eure Eltern jetzt zusammen tun, um euch zu suchen." „Norman, schau mal bitte in dein Wasser hinein, was deine Eltern gerade unternehmen." Norman sah sie an und nickte. Dann begab er sich zu seinem Gefäß, um ebenfalls einen erneuten Blick hinein zu werfen. Wie zuvor bei Leon, bekam Norman ebenfalls große Augen und konnte nicht fassen, was er dort sah. „Sie.....sie sind gar nicht mehr zu Hause", murmelte er leise vor sich hin. „Ja, ich weiß", erwiderte Leon. „Auch meine Eltern haben sich bereit gemacht, um mich zu suchen." „Dann...." „Ja, genau das bedeutet es", kam ihm Alandra zuvor. „Jetzt hat jeder einzelne von euch gesehen, was eure jeweiligen Eltern machen. Nun werdet ihr bestimmt gemeinsam sehen können, was zu dem jetzigen Zeitpunkt mit ihnen passiert oder was sie machen." Jetzt sprang Norman von seinem Sockel herunter und ging zusammen mit Leon zu Alex´

Gefäß hinüber. Als sie dort ankamen, warfen sie gemeinsam einen Blick hinein. „Das ist doch unmöglich", platze es aus allen drei gleichzeitig heraus. „Was ist denn?", wollte Mira von ihnen wissen. „Unsere Eltern haben sich zu der Herberge aufgemacht." „Ah….dann gehen sie also systematisch euren Spuren nach. Nicht schlecht", meinte Alandra tief beeindruckt. „Was soll das denn wieder heißen?", fuhr Alex sie an. „Na, was wohl. Sie wissen doch ganz genau, wo ihr Urlaub gemacht habt. Dort werden sie sich zuerst nach euch erkundigen." „Du meinst also, dass sie uns früher oder später auf die Schliche kommen werden?" „Ganz bestimmt", antwortete sie und nickte mit dem Kopf. „Das will ich sehen." Die drei Jungen steckten erneut die Köpfe zusammen und schauten auf die kleine Mulde herab. Nun wurden sie Zeuge, wie ihre Eltern draußen vor der Herberge standen und jeden Passanten, der an ihnen vorbei ging, nach ihren Kindern befragten. Kurz darauf wechselte die Szene wieder. Jetzt saßen ihre Eltern beim Abendessen. „Scheint wohl ihr letzter Abend dort zu sein", meinte Leon und zeigte auf den reichlich gedeckten Tisch. „Schaut mal. Meine Mutter steht jetzt auf", sagte Norman aufgeregt. Nun sahen sie wie Sarah Greeman an der Rezeption vorbei, geradewegs Richtung Toiletten ging. Wenig später sie kam wieder heraus. Zielstrebig begab sie sich in Richtung Mensa. Doch plötzlich blieb sie stehen und drehte sich ganz langsam zu der älteren Dame, die hinter dem Tresen saß, um. Alex, Leon und Norman schauten sich fragend an. Als sie sich erneut dem Geschehen zuwandten, war Frau Greeman in ein intensives Gespräch mit der Rezeptionistin verwickelt. Auf einmal änderte sich die Szene erneut. Nun standen ihre Eltern am Wasser und schienen auf etwas oder jemandem zu warten. Auf einmal löste sich Alex´ Mutter von der Gruppe und rannte geradewegs auf eine Bucht zu. Normans Mutter sowie Leons rannten ihr mit einem kleinen Abstand hinterher. „Das…..das ist doch die Bucht", stotterte Norman leise vor sich hin. „Tatsächlich. Schaut mal, was deine Mutter dort macht, Alex", sagte Leon nun etwas lauter. „Das ist doch…..unmöglich." „Meinst du, sie wissen jetzt, was mit uns passiert ist?", fragte Leon nachdenklich. Alex, Leon und Norman schauten sich fragend an. Schließlich sagte Alex: „Ich denke nicht, dass sie die ganze Wahrheit kennen. So wie ich meine Mutter kenne, wird sie irgendetwas zusammenreimen. Aber so wie sie hier diskutieren, glaube ich nicht, dass meine Mutter auf Begeisterung stoßen wird." Weil er keine Lust mehr auf das Geschehen hatte, glitt Leon von dem Sockel herunter und ging zu den anderen hinüber. Jetzt standen nur noch Alex und Norman an dem Kristallgefäß und warfen noch ein paar Blicke hinein. „Das gibt es doch nicht", platzte es plötzlich aus Norman heraus. „Was ist denn?", wollte Mira wissen. „Hier ist auf einmal der Mann zu sehen, mit dem wir zu der Insel rüber gefahren sind", klärte er sie auf. „Zeig mal her." Ohne Vorwarnung kam Mira auf sie zu und quetschte sich nun zwischen Alex und Norman an das Gefäß. Doch zu ihrem Missfallen, sah sie gar nichts. Das einzige, was sie sah, war die kleine Pfütze und den Boden des Kristalls. Enttäuscht darüber, dass sie nichts sehen konnte, verließ sie die beiden wieder. Da sie nun wussten, was ihre Eltern taten, glitten jetzt auch Alex und Norman hinunter und gesellten sich ebenfalls zu den Mädchen und Leon. „Los, lasst uns weiter gehen.

Schließlich sind wir ja hier, um einen Schatz zu finden",
sagte Alex bestimmt und ging den anderen voran.

Während sie immer weiter voranschritten, wurde kein
einziges Wort gesprochen. Jeder hing seinen eigenen
Gedanken nach. *Wo sie wohl gerade sind? Was sie wohl
machen? Werden sie uns tatsächlich finden? Und wenn
ja, was werden sie mit uns machen?*, spukten all die
Fragen in ihren Köpfen herum. „Halt, stopp", schrie
Alandra auf einmal und riss sie damit aus ihren
Gedanken. Alex, Leon und Norman hoben die Köpfe und
blickten auf etwas, das sie noch nie gesehen hatten.

Der alte Mann

Sachte glitten sie übers Meer. Sarah verbrachte die
ganze Überfahrt an Deck, während ihr Mann, Valery und
die Bekstons sich unter Deck aufhielten.
Gedankenverloren blickte sie aufs Meer hinaus. Immer
wieder dachte sie daran wie es wohl ihrem Sohn dabei
ergangen war, als er diese Strecke auf sich genommen
hatte. Plötzlich vernahm sie hinter sich leise Schritte. Es
war Ramon. „Darf ich?", fragte er vorsichtig. Sarah
nickte. Jetzt stellte er sich, ohne ein weiteres Wort zu
sagen, neben sie und ließ ebenfalls seinen Blick übers
Meer schweifen. „Warum bist du denn nicht bei deinem
Mann und den anderen?" „Ich musste einfach mal für
mich sein, um ein bisschen den Kopf frei zu bekommen",
antwortete sie ohne ihn anzuschauen. „Achso….ja, kann
ich nachvollziehen", erwiderte er leise. „Na gut. Ich muss
dann mal wieder an die Arbeit", sagte Ramon, nachdem
sie eine Weile schweigend nebeneinander gestanden
hatten. „Was bewegt einen Teenager dazu einfach so von
zu Hause abzuhauen?", fragte Sarah nachdenklich.
Ramon drehte sich abrupt um und schaute sie mit einem
traurigen Blick an. Dann erwiderte er: „Ich kann es dir
nicht sagen. Vielleicht war es einfach nur die Freiheit, die
ihn dazu bewogen hat." Jetzt wandte sie sich vom Meer
ab und schaute Ramon direkt in die Augen. „Wir haben
ihm doch seine Freiheiten gelassen. Klar, er musste wie
jeder andere auch seine Hausaufgaben machen oder
mal sein Zimmer aufräumen. Aber danach konnte er
machen, was er wollte." Traurig blickte sie zu Boden. „Ich
kann mir vorstellen, dass er dieses Leben gar nicht so
schlecht fand. Aber nachdem er auf einmal von Zuhause

weg war und etwas spannendes erleben durfte, hat sich wahrscheinlich seine Einstellung zu seinem Leben geändert." Sarah schwieg und schaute noch immer gen Boden. „Na gut. Ich müsste jetzt aber wirklich mal los. Nicht, dass wir noch irgendwo hin treiben, wo wir gar nicht hin wollen", meinte Ramon und ging davon. Somit ließ er Sarah mit ihren Gedanken alleine zurück.

Es war später Abend, als Valery, die Bekstons und die Greemans endlich wieder festen Boden unter den Füßen hatten. „Wir sind dir sehr dankbar dafür, dass du uns mitgenommen hast", sagte Brendan zu Ramon und schüttelte ihm zum Abschied die Hand. „Das ist doch überhaupt kein Problem. Ich hoffe nur, dass ihr eure Kinder wohlbehalten wieder bekommt." „Ja, das hoffen wir auch." Nachdem sie sich ein weiteres Mal von ihm verabschiedet hatten, schulterten sie ihr Gepäck und gingen davon. „Liebling, was ist denn los mit dir? Du bist die ganze Zeit über so still", redete Brendan sachte auf seine Frau ein. Nach dem Gespräch mit Ramon hatte sie kein einziges Wort mehr gesprochen. Immer noch in ihren Gedanken versunken, merkte sie gar nicht, dass jemand mit ihr redete. „Was haben wir falsch gemacht?", murmelte sie leise vor sich hin und schaute auf ihre Füße, die einen Schritt nach dem anderen machten. „Schatz", sprach Brendan nun etwas lauter. Erschrocken riss Sarah den Kopf hoch und blickte ihren Mann verdattert an. „Was ist denn los mit dir? Zuerst sprichst du kein Wort und dann fragst du dich, was wir falsch gemacht haben?" Sie starrte ihn mit großen Augen an. Doch wenig später, wurde ihr Blick wieder traurig. „Ich habe während unserer Überfahrt mit Ramon gesprochen", rückte sie mit der Sprache heraus. „Und? Was hat er denn gesagt?", fragte Brendan ungeduldig. Inzwischen hatte Valery die Führung übernommen und ging mit zielstrebigen Schritten auf ein herunter gekommenes Gebäude zu. Brendan und Sarah ließen sich noch ein bisschen weiter zurückfallen, um in Ruhe miteinander reden zu können. „Was ist denn los, Schatz? Seitdem wir vom Schiff runter sind, bist zu so still. Ist irgendetwas vorgefallen, von dem ich wissen sollte?" Langsam schüttelte sie den Kopf. „Aber irgendetwas muss doch los sein", versuchte er seine Frau verzweifelt zum reden zu bringen. Doch sie blieb nach wie vor stumm. Als die beiden schließlich zu den anderen stießen, wurden sie mit fragenden Blicken beäugt.

Das herunter gekommene Haus stellte sich als ein altes Hotel heraus, das nur ab und an von Gästen heimgesucht wurde. Nachdem sie sich eingecheckt hatten, gingen sie auf ihre Zimmer, um sich nach dem langen Weg frisch zu machen. „Schatz, du machst mir Angst", versuchte Brendan erneut ein Gespräch mit seiner Frau zu beginnen. „Warum?", fragte sie leise. „Weil du seit der Überfahrt kein einziges Wort mehr gesprochen und mich keines Blickes mehr gewürdigt hast!", fuhr er lauter, als beabsichtigt fort. Es dauerte ein paar Minuten, ehe sie sich endlich dazu durchrang über das Thema, das sie die ganze Zeit bedrückte, zu sprechen. „Ich habe mich gefragt, ob wir etwas falsches gemacht haben, weswegen unser Sohn einfach so abgehauen ist." „Nein, das glaube ich nicht, Schatz", erwiderte Brendan, setzte sich zu ihr auf die Bettkante und legte ihr einen Arm über die Schulter. „Ramon hat gesagt, dass er sich nach Freiheit gesehnt hat und deswegen ausgerissen sei." „Das ist doch völliger Blödsinn", erwiderte Brendan und schüttelte heftig den Kopf. „Wir haben unserem Sohn die nötige Freiheit gelassen, die er brauchte. Und überhaupt - wer ist Ramon?" „Na, der Seemann, der uns hierher gebracht hat. Schon vergessen?" „Ach der." Sarah merkte anhand seines abfälligen Tonfalls, dass er ihn nicht leiden konnte. „Hör mir mal bitte zu, Schatz. Ich brauchte einfach mal einen freien Kopf. Deswegen bin ich auch oben an Deck geblieben, anstatt nach unten zu euch zu kommen. In diesem Moment war Ramon da, der mich gefragt hat, was mit mir los sei und ich erzählte es ihm." Brendan nahm seinen Arm von ihren Schultern und sah sie an. „Und weiter?", fragte er grantig. „Er meinte, dass das Abenteuer, das Norman erlebt hatte der Auslöser dafür sei, dass er auf sein altes Leben keine Lust mehr hatte." Jetzt saßen sie schweigend da und starrten gegen die Wand. „Und was jetzt? Willst du jetzt wegen seiner Aussage die Suche nach unserem Sohn aufgeben?", fragte Brendan leise. „Nein, natürlich nicht", antwortete Sarah entsetzt. „Und warum warst du dann die ganze Zeit so bedrückt?", fragte er mit hochgezogener Augenbraue. „Weil ich nach dem Gespräch mit Ramon nicht wusste, was ich machen soll." „Du hättest gleich zu mir kommen sollen", meinte er. „Danke dir, mein Schatz", sagte Sarah und legte ihren Kopf auf seiner Schulter ab. Kurz darauf klopfte es an der Tür. „Ja", sagten sie im Chor und fingen an zu lachen. „Was war denn bei euch los? Wir haben euch laut reden gehört", begrüßte Ashley die beiden. „Oh, tut uns leid. Wir wollten euch nicht stören", erwiderte Sarah. Nun betrat Luke - gefolgt von

Valery - ebenfalls das Zimmer. „Ist schon okay. Wir wollten eh mit euch etwas besprechen", erklärte Valery. „Was gibt es?", fragte Brendan neugierig. „Ich dachte mir, dass wir uns zuerst in diesem Hotel umsehen sollten. Sie müssen ja nicht hier gewesen sein, aber vielleicht bekommen wir doch ein paar Informationen, die uns noch sehr nützlich sein könnten", erklärte Valery. „Okay, bin ich mit einverstanden", erwiderte Brendan und schaute seine Frau an. Sarah nickte und stand auf. „Gut, lasst uns los, bevor ich hier noch versauere", sagte sie und ging zur Tür.

Wenig später fanden sie sich gemeinsam in der Eingangshalle des Hotels ein. „Entschuldigen Sie bitte. Haben Sie eventuell diese drei Jungen hier gesehen?", fragte Brendan den Rezeptionisten und hob drei DIN A4 Blätter hoch, auf denen die Gesichter von Leon, Alex und Norman abgebildet waren. „Äh....", sagte dieser und starrte auf die Bilder. „Hm....." „Haben Sie sie gesehen? Ja oder nein?", fuhr ihn Brendan an. „Schatz, bedränge ihn doch nicht so", wies Sarah ihn zurecht. „Ja.....warten Sie mal....ja, das sind die beiden. Die waren hier, aber den anderen kenne ich nicht", sagte der Rezeptionist und deutete auf die Gesichter von Norman und Alex. „Und da sind Sie sich auch ganz sicher?" „Ja, aber natürlich. Es ist zwar schon eine ganze Weile her, seitdem sie hier waren....,aber ja, da bin ich mir sicher." „Was ist denn los?", fragte Valery ganz außer sich vor Neugier. „Der nette Herr hat mir eben eröffnet, dass Alex und Norman hier waren", berichtete Brendan. Valery bekam vor Überraschung große Augen. „Wo? Wo ist er jetzt? Kann ich zu ihm?", fragte sie vollkommen hysterisch. „Nein, leider nicht", antwortete er kopfschüttelnd. „Können Sie uns vielleicht sagen, wohin die Jungen hingegangen sein könnten? Waren sie alleine hier?", bombadierte Sarah den Rezeptionisten mit ihren Fragen. Mit dieser Situation vollkommen überfordert, stand der Mann nur reglos da und wusste nicht, wo er als erstes hinschauen oder wem er zuerst antworten sollte. „Äh....", setzte er an, nachdem er sich einigermaßen gefasst hatte. „Ich muss Ihnen leider sagen, dass ich nicht weiß, wo die Jungen hingegangen sind. Aber ich kann Ihnen mit ziemlicher Sicherheit sagen, dass sie nicht alleine waren." „Nicht alleine? Wer war denn bei ihnen?" „Es waren zwei Mädchen sowie mehrere Männer bei den beiden. Ich kann mich noch genau daran erinnern, weil es eine sehr große Gruppe war, die hier übernachtet hat", beantwortete er, so gut es sein Erinnerungsvermögen es zuließ, die Fragen. *Dann stimmt es also, was die ältere Dame aus der Herberge gesagt hat. Norman war tatsächlich in Begleitung eines Mädchens dort.* „Hey, hört mal", versuchte sie sich schließlich Gehör zu verschaffen. „Es wäre besser, wenn wir uns draußen weiter umhören. Hier werden wir keine weiteren Informationen bekommen." Die Bekstons sowie Valery und Brendan schauten sie fragend an. „Erzähle ich euch gleich, wenn wir draußen sind", erklärte sie den anderen und setzte sich in Bewegung.

„Warum tust du denn auf einmal so geheimnistuerisch?", wollte Brendan von Sarah wissen. Nun standen sie etwas abseits vom Hotel in einer Seitengasse, um ungestört reden zu können. „Ich tue nicht geheimnistuerisch. Wollte bloß nicht, dass andere Gäste von unserer Sache Wind

107

bekommen", erwiderte sie bissig. „Schon gut, schon gut. Also? Was hat der Rezeptionist zu dir gesagt?" „Norman und Alex waren nicht alleine hier, sondern mit zwei Mädchen. Unter anderem war auch eine größere Gruppe Männer dabei." Brendan und die anderen schauten sie ungläubig an. „Der nette Herr konnte sich daran so gut erinnern, weil es die größte Gruppe war, die jemals in seinem Hotel übernachtet hat", setzte sie hinzu. „Du weißt nicht zufällig, wann das ungefähr gewesen war?", erkundigte sich Valery ganz aufgeregt. Sarah schüttelte traurig den Kopf. „Aber vielleicht bekommen wir etwas heraus, wenn wir uns hier durchfragen", schlug Luke vor. „Es wird bestimmt hier ein paar Menschen geben, denen ebenfalls so eine große Gruppe ins Auge gefallen sein muss." „Da hat er nicht ganz unrecht", stimmte ihm Valery zu. „Okay. Und wie wollen wir nun vorgehen? Sollen wir uns aufteilen oder doch lieber zusammen bleiben?", fragte Sarah in die Runde. „Ich wäre dafür, wenn wir uns aufteilen. So haben wir mit Sicherheit eine größere Chance an neue Informationen zu bekommen", meinte Brendan. „Okay. Wer ist dafür?" Alle streckten einstimmig die Hände in die Luft. „Sehr schön. Valery und Ashley, ihr geht zusammen. Sarah, Luke und ich bilden die andere Gruppe", erwiderte Brendan entschlossen. „Dann nehmen Ashley und ich uns die Seite Richtung Meer vor und ihr geht ins Innere der Insel", sagte Valery. Brendan nickte zustimmend. „Wir treffen uns dann wieder hier, sobald jemand von uns etwas herausgefunden hat", rief Sarah den beiden Frauen hinterher, die bereits schon losmarschiert waren. „Dann mal los!"

Zusammen mit Luke machten sich die Greemans auf den

Weg, um neue Informationen über ihre Kinder einzuholen. Wachsam drangen sie ins Innere der Insel ein und fragten sich, wen sie alles fragen könnten. Schließlich blieben sie bei einer jungen Frau stehen, die für sie so aus sah, als könnte sie ihnen die gewünschten Informationen geben. „Entschuldigen Sie bitte", sprach Sarah sie an und schritt auf sie zu. „Ja, bitte?" Ihre Stimme hörte sich sehr jung an. Sarah schätzte die junge Frau auf Anfang 20. „Entschuldigen Sie bitte die Störung. Aber haben Sie zufällig einen dieser Jungen gesehen?" Sarah hielt ihr die beiden Bilder von Norman und Alex vor die Nase. Langsam streckte die Frau die Arme aus und nahm sie entgegen. Nachdem sie beide Bilder nacheinander eingehend studiert hatte, gab sie Sarah wieder zurück. „Es tut mir leid, aber ich kann mich an keinen der beiden erinnern." „Okay. Trotzdem danke für ihre Mühe", erwiderte Sarah niedergeschlagen. „Sind das Ihre Kinder?", fragte die Frau vorsichtig. „Ja, dies ist mein Sohn", antwortete sie und zeigte auf das Gesicht ihres Sohnes. „Ist er abgehauen?" Sarah nickte nur. „Oh.....na ja, vielleicht finden Sie ihn ja wieder", versuchte sie ihr Mut zu machen. „Ja, da bin ich guter Hoffnung." Dann verabschiedete sie sich und ging zu den anderen zurück. „Und? Hast du etwas herausgefunden?", erkundigte sich Brendan bei ihr. Traurig schüttelte sie den Kopf. „Nicht schlimm. Wir haben noch genug andere Möglichkeiten an Informationen zu kommen", meinte er und tätschelte ihr die Schulter. „Dann sollten wir jetzt keine Zeit verlieren und uns weiter auf den Weg machen", sagte Luke bestimmt. Und so ging es weiter. Doch leider blieb das erhoffte Ergebnis aus. Mit gedrückter Stimmung kehrten die Greemans und Luke zum vereinbarten Treffpunkt zurück. Kurz darauf trafen auch die beiden Frauen Ashley und Valery wieder ein. „Na, wie ist es bei euch gelaufen?", fragte sie mit ungewöhnlich hoher Stimme. „Schlecht", erwiderte Sarah schroff. „Und bei euch?" „Auch nichts. Aber trotzdem gebe ich die Hoffnung nicht auf." „Seht ihr, was ich gerade sehe?" „Was hast du, Schatz? Du klingst auf einmal so quietschvergnügt", fragte Brendan seine Frau, die nur auf einen Punkt vor ihr zu starren schien. Ohne ein Wort zu sagen, streckte sie den Arm aus und zeigte auf eine Gasse, die direkt vor ihnen lag. Plötzlich wurde ihm auch bewusst, weswegen seine Frau so reagiert hatte. „Hey Leute. Meine Frau hat eben eine Gasse entdeckt, in der von uns noch keiner gewesen ist", setzte Brendan die anderen in Kenntnis. „Echt? Das ist ja super", erwiderte Valery plötzlich hellauf begeistert. „Wo soll die denn sein?", fragte Luke nur. „Da", antwortete Brendan und deutete mit einer kleinen Handbewegung zu der Gasse. „Dann mal los oder wollen wir hier noch länger Wurzeln schlagen?", sagte Valery fröhlich lächelnd. Inzwischen hatte sich Sarah aus ihrer Starre gelöst und sagte: „Ich bin dabei, wer noch?" Kurz darauf setzten sie die Suche, mit neugewonnener Entschlossenheit, fort.

Der Schatz von Crystal Island

Es war, als stünden sie einem Wasserfall gegenüber, der nicht nach unten, sondern in den Himmel emporstieg. Die drei Freunde sowie die beiden Mädchen standen nur da und schauten auf das Spektakel, das sich vor ihnen bot. Schließlich war es Leon, der als erster seine Stimme wieder fand. „Was ist das?" „Dies ist der Schatz von Crystal Island", las Mira von einem Schild ab, das sich rechts neben dem Wasserfall (oder was auch immer es war) befand.

„Wie bitte? Was soll bitte hier ein Schatz sein?", fragte Leon etwas verächtlich. „Überlege doch mal", sagte Alandra schroff. „Was habt ihr vorhin durch die Kristallgefäße erfahren?" Leon sah man an, dass er angestrengt darüber nachdachte. „Na klar doch. Wir haben erfahren, dass sich unsere Eltern nun zusammen getan haben, um uns mit vereinten Kräften zu suchen", platzte Norman mit der Sprache heraus. „Danke, Norman", erwiderte Alandra und schenkte ihm ein freundliches Lächeln. „Und jetzt denken wir ein bisschen weiter. Wenn also die Kristallgefäße den Schatz der Erkenntnis darstellen sollen, was stellt dann dieser Wasserfall für einen Schatz dar?" „Mal ganz ehrlich, Alandra. Da kann ich mir auch keinen Reim drauf machen", meinte Mira, die inzwischen wieder zu ihnen gestoßen war. „Und außerdem kann ich dieses Etwas nicht als Wasserfall bezeichnen. Viel mehr wie ein Geysir." „Was ist denn zum Teufel ein Geysir?", fragte Alex verwirrt. „Ein Geysir ist....." „Ein Geysir ist heißes Wasser, das wie eine Fontäne ausgestoßen wird", unterbrach Alandra Mira und grinste schief. Alex schaute sie verdattert an. „Sie hat recht." „Aber mal ganz ehrlich, Leute", meinte Leon. „Für mich sieht dieses Etwas, nach näherer Betrachtung, eher wie ein Glitzerstrom aus, der einfach nur nach oben verläuft." Dann sagte für eine Weile niemand etwas. Während Alex, Norman und Leon sich über die vergangenen Ereignisse nachdachten, versuchte Alandra herauszufinden, was es mit diesem Glitzerstrom auf sich hatte. *Was ist dein Geheimnis?* „Warum ist das eigentlich der Schatz von Crystal Island?", fragte Alex in die Runde. „Ich glaube, dass es auf den Sand unten am Strand zurückzuführen ist", meinte Leon. „Bei unserer Ankunft hat er ja geglitzert." „Stimmt. Jetzt wo du es sagst." „Alandra, hast du denn schon etwas herausgefunden?", erkundigte sich Alex bei ihr, dem ihr Vorhaben nicht unbemerkt geblieben ist. „Nein, leider noch nicht." „Sollten wir uns nicht mal dort auf die Plattform stellen? Vielleicht finden wir so heraus, welches Geheimnis sich in ihm verbirgt", schlug Alex vor. „Das ist eine super Idee, Alex. Ja, macht das mal einer nach dem anderen", erwiderte Alandra aufgeregt. Nun waren alle Blicke auf Alex gerichtet, der den Anfang machte.

Je näher er der Plattform kam, desto schneller schlug sein Herz. Da Alex nicht wusste, was auf ihn zukam, streckte er zuerst einen Arm aus und ließ ihn durch den Glitzerstrom gleiten. Plötzlich überkam ihm ein wohliges Gefuhl. Vollen Mutes stellte er nun einen Fuß auf die Plattform, und ehe er sich versah, stand er mit dem ganzen Körper darin. Jetzt drehte Alex sich um, sodass er mit dem Gesicht zu den anderen stand. Auf einmal fing sein Körper an zu kribbeln. Nun durchfuhr dieses angenehme Gefühl Alex´ gesamten Körper. Dann spürte er plötzlich wie er sich sowohl innerlich, als auch äußerlich zu verändern schien. Alex konnte es sich nicht erklären, aber irgendwie fühlte er sich reifer und nahm Dinge nun ganz anders wahr, als noch vor ein paar Minuten. Kurz darauf überkam ihm das Gefühl von Freiheit und Macht. Jetzt wanderte sein Blick zu den anderen herüber, die schon ganz gespannt zu ihm hinüber schauten. Nachdem er noch für eine Minute auf der Plattform verweilt hatte, trat er entschlossen aus dem Glitzerstrom heraus.

„Alex....bist du das?", fragte Leon verwirrt und beäugte ihn von oben nach unten. „Ja, natürlich. Wer soll ich denn sonst sein?" „Aber...du siehst jetzt ganz anders aus - so erwachsen." „Meinst du das im Ernst?" „Schau dich doch mal an", meinte Alandra und trat neben ihn. „Du siehst nicht nur anders aus, sondern trägst auch ganz andere Klamotten, als noch vor ein paar Minuten." Alex blickte vollkommen verwirrt drein und wusste nicht, was er machen oder sagen sollte. „Hier, schau", erklang auf einmal Miras Stimme direkt hinter ihm. Sofort drehte er sich um und sah dort im Kristallglas jemanden stehen, den er noch nie zuvor gesehen hatte. Dieser jemand trug einen Hut, der dem Kapitän eines Schiffes würdig war, ein weißes Hemd, über das er eine blaue Jacke, die an den Schultern kleine gelbe Bändchen aufwies Dazu trug er noch eine dunkelblaue Hose. „Wer ist das?", fragte Alex, und erschrak. Es war nicht irgendjemand, den er dort im Glas vor sich hatte, sondern sich selbst! „Aber......,aber wie ist das möglich?" Sein komplettes

Erscheinungsbild hatte sich von Grund auf geändert. Jetzt wirkte er nicht mehr wie ein kleiner Teenager, der sich in ein aufregendes Abenteuer stürzen wollte, sondern wie ein junger, erwachsener Mann. „Jetzt will ich auch mal darauf", hörte er plötzlich Leon ganz laut sagen. „Ich aber auch", erwiderte Norman. „Hört auf euch die Köpfe einzuschlagen!" Alex seufzte und drehte sich um. Nun sah er Leon dabei zu wie er ebenfalls die Plattform betrat und im Glitzerstrom verschwand. „Hey Alex. Meinst du, wir werden genauso aussehen wie du?", fragte Norman aufgeregt. Alex zuckte nur mit den Schultern. „Ich kann dir das leider nicht sagen, was aus euch wird." Schmollend wand er sich von ihm ab. Dann trat Alandra an seine Seite und sagte: „Verstehst du jetzt, was es mit diesem Schatz auf sich hat?" „Oh, ja. Er zeigt uns anhand dieser Verwandlung wie es ist, erwachsen zu werden und Dinge aus einem ganz anderen Winkel zu sehen", antwortete er und verfolgte ganz gespannt Leons Verwandlung. „Interessant", erwiderte sie und richtete ihren Blick auf Leon, der noch immer nicht zu sehen war. *Wie wohl Leon aussehen wird?*, fragte er sich. Plötzlich tauchte eine schemenhafte Gestalt auf. Alex blinzelte. *Was war das?* Doch beim wiederholten Hinschauen, war die Gestalt wieder weg. „Hey Leon, da bist du ja wieder", hörte er Norman sagen. Suchend glitt sein Blick durch die Höhle. Und dann sah er ihn. Leon war wieder bei ihnen. „Leon, wie bist du…..?", fragte Alex und verstand die Welt nicht mehr. „Ich bin einfach aus dem Schleier gestiegen", erwiderte er und beäugte seinen Freund verwundert. „Aber eben noch habe ich dort eine schemenhafte Gestalt gesehen und im nächsten Moment bist du hier." „Hm…..", meinte Leon nur und ging nicht weiter darauf ein. „Du scheinst dich aber nicht sehr verändert zu haben", stellte Alex schließlich fest. Entrüstet schaute Leon an sich herab. Das einzige, was sich sichtbar verändert hatte, war seine Kleidung. Nun trug er ein blaues T-Shirt und eine schlammfarbene Hose, während seine Turnschuhe nun Stiefeln gewichen waren. „Warum bin ich nicht auch so gekleidet wie Alex?", fragte er enttäuscht. „Das liegt wahrscheinlich daran, dass du nicht für die Rolle des Anführers vorgesehen bist", erklärte Alandra ihm ruhig. „Und was soll ich bitte schön darstellen?" „Höre in dich hinein, dann weißt du es." Leon schaute sie ungläubig an. Dann fing er sich wieder und schloss die Augen. Wenig später tauchte ein breites Lächeln in seinem Gesicht auf. „Na siehst du?", sagte Alandra und lächelte zufrieden. „Nun bin ich wohl an der Reihe", stellte Norman mit fiepsender Stimme fest und trat auf den Glitzerstrom zu.

Pinju

„Schatz, meinst du wirklich, dass wir hier Informationen über unsere Kinder bekommen?", fragte Sarah Brendan nachdenklich, während ihr Blick von einem Haus zum nächsten wanderte.   Ihr war diese Gasse ganz und gar nicht geheuer, obwohl sie zu Anfang nicht so schlimm ausgesehen hatte. „Ja, ich denke schon", erwiderte er nur. Je weiter sie die Gasse passierten, desto dunkler wurde es um sie herum. Sarah betrachtete die Häuser mit einem mulmigen Gefühl im Magen. Plötzlich blieb Brendan stehen, und sie wäre beinahe in ihn hinein gerannt, hätte sie ihren Blick nicht rechtzeitig wieder nach vorne gerichtet. „Was ist los?", fragte sie verstört. Doch von ihm kam keine Reaktion. Stattdessen schritt er zielstrebig, ohne ein Wort zu sagen, auf einen dunklen Hauseingang zu. Sarah versuchte mit ihm Schritt zu halten, aber vergeblich. „Was ist denn mit ihm los?", wollte Valery von ihr wissen. „Ich habe keine Ahnung", meinte sie nur. Wenig später schlossen sie zu Brendan auf, der bereits mit einem alten Mann in ein Gespräch verwickelt war. Sarah war es nicht entgangen, dass ihr Mann mit jedem weiteren Satz, der aus dem alten Mann sprudelte, immer aufgeregter wurde. Nun glitt ihr Blick zu dem Mann hinüber. Während sie ihn von oben nach unten musterte stellte sie fest, dass er im Laufe der Jahre, seine Haarpracht eingebüßt hatte. Jetzt zierte nur noch ein weißer Haarkranz seine Kopfhaut. Sein Outfit bestand aus einem weißen T-Shirt, das unter einer grünen Latzhose hervorlugte und braunen Sandalen. Nachdem sie ihn gründlich gemustert hatte, schaute sie zu ihrem Mann hinüber, der wie ein Wasserfall auf ihn einredete. „Hast du schon herausgefunden, worum es geht?", fragte Valery neugierig. Sarah schüttelte den Kopf. *Das würde ich auch zu gerne wissen*, dachte sie. Dann - nach einer gefühlten Ewigkeit - sagte sich Brendan von dem alten Mann los und trat zu ihr hinüber. „Ich habe wunderbare Neuigkeiten", eröffnete er ihr freudestrahlend. „Echt?", fragte sie tonlos. „Ja, sehr gute sogar. Dieser alte Mann hat mir eben erzählt, dass er unserem Sohn begegnet ist. Norman soll einen schwarz gekleideten Mann in die Flucht geschlagen haben, der ihn zuvor noch bedroht hat." Sarah schaute ihn ungläubig an und wusste nicht, was sie von dieser Geschichte halten sollte. Natürlich war Brendan ihr skeptischer Blick nicht entgangen. „Das ist die Wahrheit, Schatz. Ich wollte es anfangs auch nicht glauben, da wir unseren Norman ganz anders in Erinnerung haben", versuchte er sie zu beschwichtigen. „Außerdem soll er nicht alleine gewesen sein. Ein Mädchen soll ihn begleitet haben." Jetzt wurde Sarah alles klar: Die Herberge, die alte Dame, die Tatsache, dass er nicht alleine war und das Abenteuer, das er mit seinen Freunden Alex und Leon bestritten hatte, hatten ihn zu dem gemacht, der er jetzt war. Es gab keinen Zweifel: Dies war ihr Norman, der an Selbstvertrauen gewonnen haben musste! „Schatz? Schatz, was ist los mit dir?", hörte sie plötzlich Brendans Stimme ganz nah bei sich. Mit einem Ruck wurde Sarah aus ihren Gedanken gerissen und blickte in Brendans ängstlich dreinblickendes Gesicht. „Ist alles okay mit dir?", fragte er ganz vorsichtig und packte sie an den Schultern. „Ja, es ist alles in Ordnung, Schatz. Ich habe nur über unseren Sohn nachgedacht", erwiderte sie. „Glaubst du mir jetzt?" Sarah nickte und wurde mit jeder

Minute nervöser. „Du hast recht. Er scheint wirklich nicht mehr der Norman zu sein, den wir kennen." Dann trat eine kurze Stille ein. „Dürften wir auch erfahren, was hier getuschelt wird?", fragte Valery und grinste schief. „Unser Sohn war hier", kam Brendan Sarah zuvor. „Echt? Das ist ja super. Hat er vielleicht auch meinen Sohn erwähnt?" Brendan und Sarah schüttelten traurig die Köpfe. „Leider hat der gute Mann nichts von einem weiteren Jungen gesagt. Nur, dass unser Norman mit einem Mädchen hier war." „Aber das ist doch mal ein kleiner Hoffnungsschimmer", sagte Ashley fröhlich. „Ja", entgegnete Sarah. „Hat der gute Mann auch gesagt, wo Norman danach hingegangen ist?", wollte Valery wissen. „Nicht direkt. Aber er hat mir erzählt, dass der Mann, von dem er bedroht wurde, einer Organisation angehört, die um jeden Preis die Weltherrschaft an sich reißen will." „Oh mein Gott. Ist das dein Ernst?", fragte sie ungläubig und hielt sich eine Hand vor den Mund. „Sieht so aus. Jedenfalls hat er erwähnt, dass Norman sich mit dem Mädchen auf den Weg zum Quatier dieser Organisation machen wollte, um sie ein für alle Mal zu beseitigen", sagte Brendan und schaute ganz gespannt in die Runde. „Und weißt du auch, wo sich das Quatier befindet?", fragte Sarah. „Ja, ich denke schon", erwiderte Brendan. „Wie du denkst schon. Geht das nicht etwas konkreter?", warf Ashley von der Seite ein. „Dieses Quatier soll sich auf einer kleinen Insel befinden." „Okay....." „Man soll sie an drei Turmen erkennen konnen." „Das ist doch schon mal was", sagte Valery. Die anderen nickten zustimmend. „Und? Wie ist jetzt unser Plan? Wollen wir zu dieser Insel? Und wenn ja, wie kommen wir dorthin?" „Mit einem Schiff natürlich", meinte Sarah. „Ja, schön. Wir haben aber kein Schiff", erwiderte Valery gereizt. „Das ist mir schon klar", sagte Sarah ein wenig genervt und schaute Valery durchdringend an. „Bitte hört auf euch zu streiten", ging Ashley dazwischen. „Wie wäre es, wenn wir runter zum Wasser gehen? Vielleicht haben in diesem Moment ein paar Leute mit ihrem Schiff dort angelegt." Nach dieser Asage sagte erst einmal keiner etwas. Schließlich sagte Sarah: „Okay, so machen wir das!"

Wenig später standen sie unten am Steg und starrten auf die vielen Schiffe, die dort vor Anker lagen. „Du bist genial, Schatz", jubelte Luke und umarmte Ashley freudestrahlend. „Kann ich Ihnen helfen?", ertönte plötzlich eine Stimme ganz nah bei ihnen. Erschrocken schauten sie sich um, aber da war niemand zu sehen. „Hier bin ich!" Jetzt waren alle Blicke gen Boden gerichtet und sahen - einen Mann! Er war sehr klein und reichte Sarah gerademal bis zur Hüfte. „Äh...hallo", erwiderte sie. „Kann ich Ihnen irgendwie behilflich sein?", fragte der kleine Mann erneut. „Ich bin mir nicht sicher, ob Sie uns wirklich helfen können", antwortete Sarah zögernd. „Vielleicht kann ich das doch." „Wie meinen Sie das?", fragte Brendan. „Na ja, ich habe Sie dabei beobachtet, wie sie permanent auf die Schiffe hier gestarrt haben. Deswegen gehe ich davon aus, dass sie eventuell eines benötigen." Nun schauten Valery sowie die Bekstons und die Greemans verblüfft zu ihm hinunter. „Ja, Sie haben recht", gab Brendan schließlich zu. „Wir sind auf der Suche nach unseren Kindern", erklärte er dem Mann. „Und deswegen brauchen Sie ein Schiff?", fragte er verwirrt. „Ganz genau", erwiderte Brendan. „Wir haben nämlich die Information erhalten, dass zwei unserer

Kinder von hier aus zu einer Insel gefahren sind." „Kennen Sie den Namen der Insel?" „Leider nein. Ich weiß nur, dass sich dort ein Versteck von einer bösen Bande befinden soll. Mann könne die Insel wegen ihren drei Türmen leicht ausmachen." „Bitte.....helfen Sie uns dabei, unsere Kinder zu finden", flehte Sarah den kleinen Mann an. „Hm....." Eine Zeit lang sagte er nichts. Doch dann sagte er schließlich: „Okay. Ihr habt mich überzeugt. Mein Name ist Pinju." Nun streckte er Sarah seine Hand entgegen, die sie erleichtert entgegen nahm und schüttelte. „Ich heiße Sarah und das ist mein Mann Brendan, Valery, Ashey und Luke", stellte sie alle der Reihe nach vor. „Wir sind dir für deine Hilfe unendlich dankbar, Pinju", sagte Valery. „Ach, ist doch kein Problem", meinte er und winkte ab. „Wartet mal", warf Ashley ein. Alle Köpfe waren nun ihr zugedreht. „Was passiert mit unseren Sachen, die noch im Hotel liegen?" „Ach ja", sagte Sarah und schlug sich mit der flachen Hand gegen die Stirn. „Wir müssen uns auschecken." „Geht das denn so einfach?", fragte Ashley nachdenklich. „Ich denke schon, oder?", erwiderte Valery und schaute Sarah fragend an. Sie zuckte daraufhin nur mit den Schultern. „Es ist kein Problem, wenn ihr euch noch um eure Unterkunft kümmern müsst", sagte Pinju freundlich, der die Diskussion mitverfolgt hatte. „Ich warte hier so lange." „Okay, dann los", sagte Valery bestimmt.

„Sie wollen was?", fragte der Rezeptionist überrumpelt. „Wir möchten auschecken", sagte Valery und beugte sich demonstrativ über den Tresen. „Aber das geht doch nicht. Sie haben für zwei Tage gebucht, die erst morgen zu Ende gehen", sagte er mit brüchiger Stimme und

schaute hilfesuchend zu seinem Kollegen hinüber. „Jetzt hören Sie mir mal zu", sagte Sarah. „Wir haben Ihnen doch bereits zu verstehen gegeben, dass wir auf der Suche nach unseren Kindern sind. Nun haben wir eine verwertbare Spur und Sie wollen uns allen ernstes an diese blöden Floskeln Ihres Vertrages binden?" Nun war der Mann den Tränen nahe. „Okay, okay", lenkte er schließlich ein. „Dankeschön", erwiderte Valery lächelnd. „Wo soll ich unterschreiben?"
Während Valery den gesamten Papierkram übernahm, schnappte sich der Rest der Gruppe ihr Gepäck, das sie sofort - nachdem sie im Hotel eingetroffen waren - aus ihren Zimmern geholt und sich so schnell wie möglich in der Eingangshalle eingefunden hatten. Kurze Zeit später stieß Valery zu ihnen und gemeinsam machten sie sich auf den Weg zu Pinjus Schiff.

„Da seid ihr ja", begrüßte er die Gruppe herzlich. „Hat es funktioniert, so wie ihr es euch vorgestellt habt?", erkundigte er sich freundlich. „Ja. Sarah hat eine Glanzleistung hingelegt", erwiderte Valery und schenkte ihr ein breites Lächeln. „Hör bloß auf damit. Schließlich war deine Einlage auch nicht von schlechten Eltern", erwiderte Sarah leicht gerötet. „Ich freue mich so für euch", sagte Pinju lächelnd. „Entschuldigt bitte. Ich möchte diese fröhliche Runde ja nicht unterbrechen, aber wann können wir ablegen?", grätschte Brendan dazwischen. „Wann ihr es wollt", antwortete er gut gelaunt. „Sehr gut. Dann lasst uns starten." Gemeinsam machten sie sich mit Pinju auf den Weg zu seinem Schiff. Alle waren mit ihren Gedanken bei ihren Kindern und hofften inständig, dass die Suche nicht ins Leere lief.

Aufbruch

Nachdem Norman sich ebenfalls verändert hatte, waren sie nun wieder auf dem Rückweg zu ihrem Schiff. Zuerst hatte Norman nicht wahr haben wollen, dass er ebenfalls wie Leon, keine äußerlich veränderten Merkmale aufwies. Aber nachdem er in sich hineingehorcht hatte, erkannte er, dass die äußerlichen Merkmale gar nicht so wichtig waren, wie die inneren. Wenig später hatte er angefangen zu lächeln und setzte zusammen mit Alex, Leon und den Mädchen das Abenteuer fort.

„Welchen Weg nehmen wir jetzt?", fragte Alex, der ihnen vorangegangen war. Jetzt standen sie vor einer Weggabelung, die ihm bekannt vorkam, aber nicht wusste, welcher Weg nun der richtige war. „Wir nehmen den rechten Pfad", erwiderte Alandra bestimmt und trat an seine Seite. „Bist du dir da sicher?" „Ja, natürlich. Schließlich sind wir vor einigen Stunden von links gekommen", sagte sie. Nun wurde Alex auch bewusst, warum ihm dieser Punkt hier sehr bekannt vorkam. „Aber kommen wir dann nicht auf der anderen Seite der Insel raus?", fragte Alex nachdenklich. „Ja." „Wenn wir jetzt diesen Pfad nehmen, müssten wir aber die halbe Insel umrunden. Wäre es dann nicht besser, wenn wir doch den anderen Weg nehmen?" „Was ist dir lieber? Durch die Dunkelheit zu gehen oder lieber an der frischen Luft zu sein?", fragte Alandra. Alex dachte kurz nach. Dann sagte er: „Wir nehmen den rechten Pfad." „Okay", meinte sie nur und schritt allen voran, den Gang entlang.

Als sie wenig später wieder an der frischen Luft standen,

war die Sonne bereits untergegangen. Nun funkelten Millionen von Sternen am dunklen Himmel. „Oh, seht euch mal den Mond an", sagte Mira und deutete mit einem Finger auf eine helle, weiße Kugel, die über dem Meer zu schweben schien. Daraufhin ertönte ein lautes *Ohh*. „Kommt, lasst uns mal ans Wasser gehen", sagte Alex, während er mit großen Augen den Mond betrachtete.

Kurz darauf standen sie gemeinsam am Wasser und schauten zum großen, runden Mond hinauf. „Er sieht von hier noch viel spektakulärer aus, als von dort hinten", sagte Alex buff. „Was ist das?", fragte Norman und zeigte auf eine dunkle Stelle des Mondes. „Ich glaube, dass ist ein Krater", erwiderte Alandra und kniff die Augen zusammen, in der Hoffnung dadurch noch ein bisschen besser sehen zu können. „Ein Krater? Was ist das?", fragte Leon. „Hast du noch nie etwas von Meteoriten gehört?", fragte Mira verwirrt. „Doch, klar. Irgendwann mal...in der Schule", murmelte er vor sich hin. „Na siehst du. Krater entstehen, wenn genau diese Meteoriten z.B. auf der Erde oder wie hier auf dem Mond aufschlagen", versuchte Mira ihm zu erklären. „Ah!" „Hey, ich denke wir sind zum Spaß und nicht zum Lernen hier", sagte Alex belustigt. „Lasst uns lieber zum Schiff zurück gehen und uns ein wenig aufwärmen." „Da bin ich ganz deiner Meinung", erwiderte Alandra und verschränkte ihre Arme vor der Brust. „Mir ist es jetzt etwas zu frisch hier.""Na, dann auf", meinte Alex und ging von dannen.

„Boah, na endlich", sagte Alandra, als sie wieder auf dem Schiff waren und es sich im Gemeinschaftssaal um ein kleines Tonnenfeuer gemütlich gemacht hatten. „So einen Schatz habe ich noch nie gesehen", murmelte Alex vor sich hin, während er gedankenverloren in die Flammen starrte. „Schätze bestanden in meinen Gedanken immer aus Bergen von Gold und Juwelen, aber sowas doch nicht." Nun nahm Alex seinen Hut ab und rieb seine Hände über dem Feuer. „Manchmal besteht der größte Schatz einfach nur aus etwas, das man nicht sehen kann", sagte Alandra, stand auf und ging zur Tür. „Wo willst du hin?", fragte Mira neugierig. „Ich bin gleich wieder da. Gehe nur etwas holen." Dann verließ sie den Raum und schloss hinter sich die Tür. „Bald ist es so weit. Dann stürzen wir uns in das allergrößte Abenteuer, das wir je erleben werden", sagte Alex ganz aufgeregt. „Ja, das wird bestimmt super", erwiderte Leon gedankenverloren. „Ich finde es so schön, dass wir dieses Abenteuer gemeinsam erleben, aber dennoch frage ich mich, ob unsere Eltern uns schon auf die Schliche gekommen sind." Von einem Moment auf den anderen herrschte plötzlich eine gedrückte Stimmung im Raum. Im selben Moment öffnete sich die Tür und Alandra trat, mit einem großen Stapel zusammengerolltem Papier unterm Arm, ein. „Was ist denn hier los? Ist jemand gestorben?", fragte sie in die Runde. Doch keiner erwiderte etwas. Alle waren mit ihren Gedanken ganz woanders und starrten ins Feuer. Jetzt legte Alandra den Papierstapel auf dem Tisch ab, schloss die Tür und trat zu den drei Freunden ans Feuer heran. „Hey….was ist denn los mit euch? Warum seid ihr auf einmal so bedrückt?", fragte sie leise und legte eine Hand auf Alex´ Schulter. „Psst", sagte Mira und winkte sie zu sich. „Als du eben kurz weg warst, hat

Leon die Frage in den Raum geworfen, was wohl ihre Eltern in diesem Moment machen und ob sie ihnen schon auf die Schliche gekommen sind. Na ja, und seitdem sitzen sie wie versteinert da und reden kein Wort mehr miteinander", erklärte sie ihr leise. „Oh", erwiderte Alandra und schaute zu Alex hinüber, der wie Leon und Norman völlig erstarrt vor dem Feuer saß und sich keinen Millimeter regte. „Ich glaube, wir sollten die Jungs mal ihren Gedanken überlassen. Eigentlich wollte ich hier mal ein bisschen was machen, aber das würde sie nur stören", flüsterte Alandra Mira ins Ohr und stand so leise wie es ging, auf. Dann klaubte Alandra ihre Sachen zusammen und verließ, mit Mira im Schlepptau, den Gemeinschaftssaal.

„Was wolltest du eigentlich machen?", fragte Mira neugierig und schaute auf die vielen Rollen Papier, die Alandra unter ihrem Arm trug. „Ich wollte eigentlich mal wieder ein bisschen zeichnen", antwortete Alandra. „Was? Du kannst zeichnen? Wie cool ist das denn?" Alandra schaute sie lächelnd an. „Rein mit dir", sagte sie belustigt und hielt Mira die Kabinentür auf. Mit eiligen Schritten trat Mira hinein und ließ sich auf ihr Bett fallen. Alandra schloss die Tür und trat an einen großen, runden Tisch, der mit allen möglichen Sachen beladen war. „Oh man. Das ist ja ein Chaos hier", sagte sie und begann die Sachen vom Tisch zu räumen. „Warte, ich helfe dir." Gemeinsam beseitigten sie das Chaos. „Ich danke dir für deine Hilfe", sagte Alandra und lächelte sie freundlich an. Nun legte sie eine Rolle Papier auf den Tisch und breitete es aus. Auf dem Blatt war ein Raster zu erkennen, das aus mehreren kleinen Quadraten bestand.

Damit es sich nicht wieder zusammen rollte, beschwerte Alandra es mit einigen Sachen, die sie zuvor vom Tisch geräumt hatte. Mira schaute neugierig auf das Papier herunter und fragte sich, was sie damit vorhaben könnte. Jetzt nahm sie einen Bleistift zur Hand und setzte ihn ganz vorsichtig auf dem Papier ab. Dann zog sie einen Strich nach dem anderen, während Mira ihr neugierig über die Schulter schaute. „Was zeichnest du denn da?", fragte sie schließlich. „Ich zeichne diese Insel auf, damit ich später nachschauen kann, wo ich überall war", erwiderte Alandra lächelnd. „Boah. Sowas kannst du?", fragte Mira erstaunt. Alandra nickte. „Da meine Eltern durch ihre Arbeit kaum Zeit für mich hatten, musste ich mir eine Beschäftigung suchen, damit ich vor Langeweile nicht kaputt gehe." „Wie? Du bist seit Kindesbeinen an auf dem Meer unterwegs?" „Nein", antwortete sie kopfschüttelnd und unterbrach ihre Arbeit. „Es war schon immer mein Traum, als Navigatorin übers weite Meer zu segeln. Aber leider war ich zu diesem Zeitpunkt noch zu klein und zu grün hinter den Ohren. Also setzte ich mich hin und brachte mir schließlich alles nötige dafür bei." Mira schaute sie mit großen Augen an. „Du bist echt talentiert", stellte sie begeistert fest. Auf einmal war ihre Begeisterung einem traurigen Gesichtsausdruck gewichen. „Hey...was ist denn los?", fragte Alandra vorsichtig. „Ihr seid alle so talentiert. Alex kann eine Mannschaft problemlos anführen, Norman ist mutig genug, sich gegen einen gefährlichen Mann zu behaupten und du kannst zeichnen und navigierst ein Schiff. Und ich? Ich bin zu nichts zu gebrauchen", erwiderte Mira leise und seufzte traurig. „Ach quatsch", widersprach Alandra ihr und trat an ihre Seite. Vorsichtig legte sie einen Arm um ihre Schulter. „Aber wozu bin ich denn zu nutze? Seitdem ich mit Norman unterwegs bin, habe ich kaum etwas zustande gebracht. Na gut. Außer vor meinen Eltern abzuhauen, vielleicht", sagte Mira leise murmelnd. „Na, siehst du", sagte Alandra und grinste sie breit an. Mira hob langsam den Kopf und schaute verständnislos drein. „Was willst du mir damit sagen?" „Dass du Mut bewiesen hast, indem du von Zuhause ausgerissen bist. Wer Mut hat, kann so manche Dinge vollbringen, die sich ein anderer nicht trauen würde", klärte Alandra sie auf. Daraufhin dachte Mira kurz über Alandras Worte nach. Plötzlich konnte man ein breites Grinsen auf ihrem Gesicht erkennen. „Na, geht doch", meinte Alandra und schenkte ihr ein fröhliches Lächeln. „Ich danke dir. Jetzt fühle ich mich viel besser", sagte Mira. „Das ist sehr gut. Dann kann ich ja beruhigt wieder meiner Arbeit nachgehen", stellte Alandra grinsend fest und setzte sich wieder vor ihre Zeichnung. „Dann schaue ich mal nach unseren Jungs", sagte Mira. „Alles klar."

Auf dem Weg zum Gemeinschaftssaal dachte sie über die Unterhaltung mit Alandra nach und fragte sich, was wohl aus Leon, Alex und Norman geworden ist, die sie schlafend zurück gelassen hatten. Als sie schließlich dort ankam, blieb Mira erst einmal vor der Tür stehen und lauschte. Es war nichts zu hören, außer das Knarzen des Holzes, das mit dem seichten Wellengang auf und ab federte. Ganz leise öffnete sie die Tür und trat ein. Alex, Leon und Norman lagen noch immer vor der kleinen Tonne, in der die Glut noch etwas glimmte und schliefen friedlich. So leise wie möglich, trat Mira zu ihnen heran, setzte sich neben Norman und streckte dann alle viere von sich. *Ein bisschen Schlaf schadet nie*, dachte sie und schloss die Augen. Dann wurde es ganz still auf dem Schiff.

Der Plan

Es war früher Nachmittag, als sie sich endlich auf die lang ersehnte Reise begaben, die sie hoffentlich zu ihren Kindern führte. Nun saßen die Greemans, die Bekstons und Valery unter Deck und besprachen wie sie weiter vorgehen wollten. „Ich würde vorschlagen, dass sich nur ein Teil von uns zu dieser Organisation aufmacht, sobald wir die Insel erreicht haben", preschte Brendan vor. „Und wer soll das sein?", fragte Sarah etwas verwundert. „Ich dachte an Luke, Valery und mich", erwiderte Brendan und schaute in die Runde. „Und was ist mit Ashley und mir? Wieso sollen wir nicht auch mitkommen?", fragte Sarah verdutzt. „Weil wir jemanden brauchen, der auf unsere Sachen aufpasst", entgegnete Brendan. Sarah schaute Ashley verwirrt an, die nur mit den Schultern zuckte. „Was hältst du davon, Schatz?", fragte Luke sie. „Eigentlich würde ich auch gerne wissen wollen, was aus unserem Sohn passiert ist. Aber, wenn ihr diesen netten Leuten hier nicht traut, bleibe ich natürlich hier, um auf die Sachen aufzupassen", meinte Ashley. „Wenn das so ist, bleibe ich auch hier und leiste dir Gesellschaft", sagte Sarah und lächelte sie breit an. „Ich danke dir, Schatz", sagte Brendan und gab ihr einen kleinen Kuss auf die Wange.

Nachdem sie noch einmal alles eingehend besprochen hatten, verließ Brendan die Gruppe, um Pinju über ihren Plan zu informieren. „Ich hoffe sehr, dass ihr wieder heile zurückkommt", sagte Ashley und beäugte ihren Mann mit einem bangen Blick. „Du brauchst dir keine Sorgen zu machen, Schatz", versuchte Luke sie zu beschwichtigen.

„Uns wird schon nichts passieren", sagte Valery bestimmt. Kurz darauf stand Brendan wieder in der Tür. „Es ist alles geklärt. Pinju wird uns ein Beiboot zur Verfügung stellen, mit dem wir dann rüber fahren können", unterrichtete er sie. „Das ist sehr nett von ihm", meinte Sarah und schaute ihn hoffnungsvoll an. „Schatz, mach dir bitte keine Sorgen. Wir werden auf jeden Fall wieder heile zurück kommen", entgegnete Brendan, trat zu ihr und legte ihr einen Arm auf die Schulter. „Hey, ihr da unten. Kommt mal hoch und seht euch das an. Ich glaube, wir haben die Insel erreicht", drang plötzlich eine laute Stimme durch die Tür, und im nächsten Moment streckte Pinju seinen Kopf herein. Ohne ein Wort zu erwidern, stürmten sie aus der Kabine und eilten die Treppe hinauf.

Als sie wenig später auf dem Deck standen, erblickten sie eine Insel, die immer näher kam. Dort waren drei unterschiedlich große Türme zu erkennen, die allesamt weiß waren. „Das ist sie!", rief Brendan laut aus. „Bist du dir sicher?", hakte Sarah unsicher nach. „Zu 100%. Der alte Mann hat etwas von weißen Türmen gesagt", erwiderte er ganz aufgeregt. „Na, worauf warten wir dann noch?", ließ Valery verlauten und wandte sich dann an Pinju. „Könntest du bitte das Schiff so nah wie möglich an die Insel bringen?" „Aber sicher doch", antwortete er freundlich. Kurz darauf saßen Brendan, Valery und Luke in dem kleinen Beiboot des Schiffes und ruderten zur Insel hinüber, während Sarah und Ashley auf dem Schiff zurück blieben, um auf ihre Sachen aufzupassen. „Ich bin guter Hoffnung, dass sie heile zurückkommen werden", sagte Ashley. Dennoch entging Sarah ihr besorgter Blick nicht. „Das werden sie!", entgegnete Sarah und wandte sich zum gehen. Mit Ashley im Schlepptau ging sie wieder unter Deck, wo sie bangend auf die Rückkehr ihrer Männer warteten.

Es dauerte nicht lange, da standen Valery, Brendan und Luke auf der Insel vor den drei Türmen und fragten sich, welcher wohl ins Innere führen mochte. „Also ich denke, dass es dieser hier ist", sagte Valery schließlich und deutete auf den kleinsten der drei Türme, in dem eine braune Tür in der Wand eingelassen war. „Dann nichts wie los", erwiderte Luke und ging den anderen voran in Richtung Tor. „Lass mich das mal machen", sagte Brendan und trat an Lukes Seite, der gerade im Begriff war, die Klinke hinunterzudrücken. Jetzt stand Brendan an seiner Stelle vor dem Tor und zog entschlossen an der Tür. Doch nichts rührte sich. „Soll ich es nicht versuchen?", bot sich Luke an. Daraufhin schüttelte Brendan nur mit dem Kopf und versuchte erneut sein Glück – jedoch erfolglos. „Komm, lass mich mal ran!", sagte Valery bestimmt, drückte die Klinke herunter und zog die Tür problemlos auf. Brendan und Luke konnten es nicht fassen und schauten sie an, als wäre sie ein Alien, das gerade vor ihnen gelandet war. „Was guckt ihr denn so? Kommt schon oder wollt ihr hier Wurzeln schlagen?"

Nachdem sich Luke und Brendan aus ihrer Starre gelöst hatten, folgten sie Valery, die bereits den ersten Schritt ins Innere gewagt hatte. Die Wände bestanden aus braunem Putz, während der Boden weiß gefliest war. „Sieht hier irgendwie seltsam aus", bemerkte Valery,

131

nachdem sie sich genauer umgeschaut hatte. Langsam tasteten sie sich voran, da sich in diesem Abschnitt des Weges keine einzige Lichtquelle gab. „Wartet mal kurz", ertönte eine Stimme direkt hinter ihr. Abrupt blieb Valery stehen und schaute zu ihren Gefährten zurück. Plötzlich vernahm sie das Geräusch eines Feuerzeugs, dessen Rädchen immerzu bedient wurde. Kurz darauf erhellte eine kleine Flamme ihre Umgebung. „Ich wusste doch, dass ich irgendwo noch ein Feuerzeug in meiner Tasche habe", ertönte Lukes aufgeregte Stimme ganz nah bei ihr, der in diesem Momentan ihr vorbei ging und mit seiner kleinen Flamme die Umgebung ausleuchtete. „Äh...Leute. Schaut mal her", sagte Luke und blieb vor einer großen Weggabelung stehen, die einem Tunnelsystem sehr ähnelte. Nun trat Luke – mit ausgestrecktem Arm – einen Schritt vor. Plötzlich wurden drei Abzweigungen sichtbar, die alle in unterschiedliche Richtungen führten. „Was sollen wir denn jetzt machen?", fragte er und drehte sich hilfesuchend zu den anderen um. Jetzt traten Brendan und Valery an seine Seite. *Welchen Weg hast du wohl genommen, mein Schatz?*, fragte Valery sich und betrachtete jeden möglichen Weg ein bisschen genauer. „Sagt mal. Gibt es nicht diesen einen Spruch? Hm.....wie war der doch nochmal?", fragte Brendan und kratzte sich am Kinn. „Du meinst bestimmt den Spruch *Ab durch die goldene Mitte*", entgegnete Valery. „Aber ja doch", rief er begeistert aus. „Meinst du wirklich, dass die beiden den mittleren Gang genommen haben?", fragte Valery ihn nachdenklich und ließ ihren Blick ein weiteres Mal über die anderen Gänge schweifen. „Warum denn nicht. Könnte doch so gewesen sein, oder etwa nicht?" „Warum gehen wir nicht......."

„Schh. Hört doch mal", unterbrach Valery Luke und bedeutete sie ganz still zu sein. Zuerst hörte man nur die kleine Flamme aus Lukes Feuerzeug knistern. Doch dann drangen irgendwo her aus einer weiteren Ferne leise Stimmen zu ihnen heran. „Ich glaub, die kommen von dort", meinte Brendan flüsternd und deutete auf den Gang zu seiner linken Seite. „Meint ihr nicht, dass sie von vorne kommen?", fragte Valery und lauschte ganz tief in die Stille hinein. „Ja, hört doch. Es kann nur die goldene Mitte sein", frohlockte sie und hoffte, dass sie ihre Kameraden überzeugt hatte. „Also schön. Wenn du das sagst. Dann nehmen wir eben die goldene Mitte", meinte Brendan nur und trat einen Schritt vor. Gemeinsam betraten sie den mittleren Gang und fragten sich, was am Ende des Weges wohl auf sie wartete. Bekamen sie weitere Informationen, die sie zu ihren Kindern brachten? Oder warteten dort schon üble Menschen auf sie, die sie an ihrer Suche hindern wollten? Egal, was eintraf. Valery, Brendan und Luke würden es überstehen – oder etwa doch nicht? Es komme, was wolle!

Ein Geheimnis wird gelüftet

„Hey Ramonya. Weißt du eigentlich, wo der Palast mit den Schätzen deiner Großeltern liegen soll?", fragte Alex neugierig. Ein neuer Tag war angebrochen, und nun saßen sie alle gemeinsam an einem Tisch im Gemeinschaftssaal und besprachen ihr weiteres Vorgehen. „Ich weiß es nicht so genau, Alex. Sie meinten nur, dass er so gut versteckt ist, dass man ihn nur sehr schwer finden kann", antwortete Ramonya. „Hast du nicht erzählt, dass er sich in einer ganz anderen Welt befände? Ich meine mich, wage daran erinnern zu können", meinte Alex. Alex und Alandra beobachteten sie dabei wie sie grübelnd zur Decke empor schaute und schließlich erwiderte:„Ja, du hast recht. Ich habe dir von dem Amulett erzählt, das eine Karte in eine andere Welt sein soll", sagte Ramonya und schaute sie an. „Aber.....aber trotzdem weiß ich nicht, wie wir zu diesem Palast kommen sollen", setzte sich hinzu und schaute traurig gen Boden. „Ich hab es!", rief Norman laut aus und sprang auf. Alex, Leon, die beiden Mädchen und Ramonya schauten ihn verwirrt an. „Was ist denn los? Was hast du?", fragte Alex bestürzt. „Hast du eventuell noch die Schatzkarte bei dir, die uns zum Schatz geführt hat?" „Ja, aber wie soll die uns denn jetzt weiter helfen?" „Du hast mir doch erzählt, dass du diese Karte in einem dunklen Turm gefunden hast, der nicht unweit von dem Schuppen lag, der dich schließlich zu Ramonya geführt hat. Was ist denn, wenn diese beiden Sachen in irgendeiner Weise miteinander verbunden sind?" Plötzlich herrschte Totenstille im Raum, die jeden Zentimeter des Raumes auszufüllen schien. Alle starrten

Norman an, der immer noch da stand und selber nicht fassen konnte, was er da gerade gesagt hatte. „Norman, ...du bist ein Genie", brach es aus Alex heraus, der im selben Moment aufstand und Norman an den Schultern fasste. „Wenn das stimmt, sage ich nie wieder, dass du eine Heulsuse bist." Dann machte er sich aus dem Staub, um die Karte zu holen. „Wie bist du denn darauf gekommen?", fragte Alandra ihn, nachdem Alex aus dem Raum gehastet war. „Ich weiß nicht. Aber da er diese Karte aus dem Turm und später den Geist nicht weit davon entfernt angetroffen hatte, kam mir halt diese Idee in den Sinn, dass die vielleicht etwas miteinander zu tun haben könnten", gestand Norman und setzte sich wieder an den Tisch. „Ramonya sagt, dass du damit sogar recht haben könntest", meinte Alandra. Kurz darauf kam Alex in den Raum gestürmt. „I-Ich habe sie", keuchte er und knallte das zusammengerollte Pergament auf den Tisch. Nachdem er sich wieder einigermaßen beruhigt hatte, holte Alex das Amulett hervor und legte es dazu. Nun war Norman an der Reihe. Mit zitternden Händen rollte er die Karte auseinander, auf der vier unterschiedlich große Insel eingezeichnet waren. Die größte der vier Inseln wies ein großes, rotes Kreuz auf. „Hier sind wir gerade", sagte Norman aufgeregt und deutete auf das Kreuz. „Aber wie finden wir jetzt heraus, ob die beiden Sachen wirklich etwas miteinander zu tun haben?", fragte er und schaute Alandra hilfesuchend an. „Ramonya meint, dass du das Amulett mal auf die Karte legen solltest", erwiderte sie. Man konnte die Aufregung, die im Raum herrschte förmlich riechen. Nun nahm Norman das Amulett in die Hand und ließ es über der Karte baumeln. „Jetzt mach schon", forderte Alex ihn auf. „Was ist denn los mit dir?", hakte er nach, nachdem Norman immer noch nicht imstande war, das Amulett einfach auf die Karte zu legen. „Willst du das nicht machen? Immerhin gehören dir doch die Sachen." „Nein, ist schon okay. Mach du es!", erwiderte Alex nur. Und dann war es endlich soweit. Norman legte das Amulett auf das Pergament ab und wartete wie alle anderen gespannt darauf, was als nächstes passierte. Plötzlich begann das Amulett zu leuchten, und im selben Moment tat sich ein goldener Spalt zwischen dieser und der gegenüberliegenden Insel auf. „Was passiert hier?", fragte Norman panisch und schaute sich das Spektakel mit großen Augen an. Im selben Moment projizierte die Kette Bilder herauf, die ihnen zeigte, wo sich dieser Spalt befand und was sie danach erwartete. „Das ist ja einfach unglaublich", stieß Alandra begeistert hervor und schaute noch immer gebannt auf das Schauspiel. Kurz darauf erlischten die projizierten Bilder wieder. „Norman, du bist ein Genie!", sagte Alex und fiel seinem Freund um den Hals. „Danke, Kumpel", erwiderte er und tätschelte ihm die Hand. Innerlich freute Norman sich sehr darüber, dass Alex ihn dafür gelobt hat. Seit dem sie damals gemeinsam aufgebrochen waren, hatte er nichts anderes zu hören bekommen, als das er eine Heulsuse sei und nichts zustande brachte. Dies war nun vorbei und darauf war Norman mehr als stolz. „Hat sich eigentlich jemand gemerkt, wo genau sich dieser Spalt befindet?", fragte Alandra in die Runde. „Der wurde doch hier zwischen dieser und der kleinen Insel rechts daneben angezeigt", meinte Leon. „Sehr gut aufgepasst", sagte Alandra und schenkte ihm ein breites Lächeln. „Gut, dann würde ich vorschlagen, unterrichten wir die Crew darüber und dann kann es von mir aus auch schon losgehen", entgegnete Alex und schaute alle mit einem entschlossenen Gesichtsausdruck an.

„Ich habe euch hierher gebeten, weil ich euch etwas sehr Erfreuliches mitzuteilen habe", begann Alex mit seiner Rede, nachdem sich alle gesetzt hatten. „Ihr könnt euch doch sicher noch daran erinnern, dass ich eine Schatzkarte gefunden und ein Amulett geschenkt bekommen habe." Darauf ging ein zustimmendes Murmeln durch den Saal. „Wir haben nun durch Norman herausgefunden, dass diese beiden Sachen zusammenhängen." Kaum hatte er den Satz beendet, flammte ein Tuscheln auf, das sich durch den ganzen Gemeindschaftssaal zog. Alex versuchte erst gar nicht, wieder Ruhe einkehren zu lassen, da er wusste, dass es zwecklos war. *„Inwiefern hängen die beiden Sachen zusammen? Was erwartet uns? Wann geht es denn endlich weiter?",* stürmten die Fragen nur so auf ihn ein. „RUHE, VERDAMMT NOCHMAL", brüllte Alandra plötzlich durch den Raum, die zusammen mit Mira in der vordersten Reihe Platz genommen hatte und nun aufgesprungen war. Plötzlich war es ganz still geworden. Keiner sagte mehr etwas. Selbst das Atmen, so schien es, wurde kurzzeitig eingestellt. Nun nickte Alandra Alex zu und ließ sich wieder auf ihren Platz sinken. Alex nickte ihr dankend zu. „Um auf eure Fragen zurückzukommen", nahm er seine Rede wieder auf. „Sobald ich euch alles erklärt habe, kann es losgehen. Was die Karte und das Amulett betrifft. Beide Objekte befanden sich ursprünglich am selben Ort. Daher kam Norman (Alex grinste ihn breit an) auf die Idee, dass sie in irgendeiner Weise miteinander zusammenhängen müssen." Jetzt schaute sich Alex um und konnte in jedem einzelnen Gesicht die pure Aufregung erkennen. „Unsere Vermutung wurde bestätigt, als wir das Amulett auf die Karte legten", fuhr er fort. „Dadurch wurde uns ein Spalt auf der Karte gezeigt, der uns in eine ganz andere Welt bringen wird. Zeitgleich konnte man anhand von Bildern erahnen, was uns dort erwarten wird." Nachdem er geendet hatte, brach die Meute in einen tosenden Beifall aus. „ICH BITTE NOCHMAL UM RUHE", brüllte Alandra gegen die Menge an, die erneut verstummte. „Ich bitte euch, jetzt alles nötige vorzubereiten, damit wir so schnell wie möglich wieder in See stechen können", sagte Alex und schaute sie freundlich an. Kaum hatte Alex gesagt, was er sagen wollte, standen sie geschlossen auf und machten sich an die Arbeit. „Du warst wie immer fantastisch", sagte Alandra und klopfte Alex auf die Schulter. „Ich glaube, unsere Leute sind ganz heiß auf das nächste Abenteuer", sagte Alex grinsend. „Wäre schlimm, wenn nicht", entgegnete Alandra lächelnd. „Ich schlage vor, dass wir uns jetzt ebenfalls aufmachen sollten. Schließlich müssen wir uns noch ein bisschen auf das neue Abenteuer vorbereiten", sagte Mira entschlossen. „Du hast recht", pflichtete Alandra ihr bei. „Warum stehen wir hier dann noch? Auf, auf", meinte Norman und ging mit Mira im Schlepptau von dannen. „Norman hat sich wahnsinnig entwickelt", stellte Leon fest, während er ihm und Mira hinterher schaute. „Ja, stimmt. Früher war er immer nur als Heulsuse bekannt und jetzt trifft er ganz alleine die Entscheidungen", erwiderte Alex. „Ich bin sehr froh darüber, dass ihr ihn so seht", meinte Alandra lächelnd. Alex und Leon sahen sie lächelnd an. Dann machten sich die drei ebenfalls auf den Weg, um ihre letzten Vorbereitungen für das nächste Abenteuer zu treffen. Die drei Freunde wussten zu diesem Zeitpunkt noch nichts von ihrem Glück. Aber dieses Abenteuer sollte das emotionalste und größte zugleich werden, das sie in ihrem Leben niemals vergessen werden.

Die Karte

Plötzlich standen Valery, Luke und Brendan am Eingang einer großen hell erleuchteten Halle. „Wo sind wir denn hier gelandet?", fragte Luke flüsternd, damit sie keiner von den schwarzen Männern, die überall in der Halle herum liefen, entdeckt wurden. „Das müssen diese Männer von dieser Organisation sein, von der der alte Mann geredet hat", antwortete Valery flüsternd. „Bist du dir da sicher?" „Ja, sie hat recht", meinte Brendan nur. „Und was machen wir jetzt?" „Am besten wäre es, wenn wir ganz unauffällig hineingehen und uns dort mal umhören", sagte Valery bestimmt. „Aber was ist, wenn uns jemand bemerkt und fragt, was wir hier wollen?", fragte Luke nachdenklich. „Dann sagen wir eben die Wahrheit. Nämlich, dass wir auf der Suche nach unseren Kindern sind und jede noch so kleine Spur nachgehen", erwiderte Valery bestimmt. „Also los!", kam es von Brendan, der es kaum erwarten konnte, endlich seinem Sohn noch ein kleines Stück näher zu kommen.

Als die drei kurz darauf die Halle betraten, wimmelte es nur so von schwarz gekleideten Männern, die wie wild hin und her liefen und Dinge von einer zur anderen Seite trugen. Dadurch entstand so ein lauter Lärm, sodass sich Valery, Brendan und Luke ohne zu flüstern, unterhalten konnten. „Das geht ja hier zu wie in einem Ameisenhügel", sagte Valery belustigt und beobachtete das Geschehen. „Ja. Für mich sieht das so aus, als wollten sie von hier abhauen", entgegnete Brendan. „Schaut mal", sagte Luke und deutete auf eine weitere Räumlichkeit, die über der Menschenmenge zu schweben schien. „Scheint das Büro des Bosses zu sein", sagte Valery und ließ ihren Blick über die drei Fenster gleiten, durch die man ins Innere des Büros blicken konnte. „Hey, ihr da. Was macht ihr hier?", ertönte plötzlich eine laute Stimme von oben zu ihnen herab. Valery, Brendan und Luke schauten zu einem großen, in ebenfalls schwarz gekleideten Mann hinauf, der an der Brüstung stand und mit einem überraschten, aber auch wütenden Gesichtsausdruck zu ihnen hinunter starrte. „Wir sind hier, weil wir glauben, dass wir hier Informationen über den Verbleib unserer Kinder bekommen", ergriff Brendan das Wort. „Ach, und da glauben Sie tatsächlich, dass wir Ihnen dabei helfen können?" „Ja. Wir haben nämlich die Information erhalten, dass zwei unserer Söhne hier gewesen sein sollen." „Ach, wirklich?", fragte der Mann verächtlich. Einige Zeit lang sagte keiner etwas, bis der fremde Mann das Wort ergriff. „Jetzt wo Sie es sagen....ja, es waren wirklich zwei Bengel hier, aber sie waren nicht alleine." Brendan, Luke und Valery schauten sich perplex an. „Was meinen Sie mit *nicht alleine*?", wollte Brendan wissen. „Es waren noch zwei Mädchen dabei, die ihnen bei ihrem Vorhaben geholfen haben", erwiderte er. „Aber was suchten die beiden hier? Wissen Sie zufällig die Namen der beiden Jungen?" Der Blick des Mannes wurde beim Gedanken an die beiden Jungen, die sein Vorhaben durchkreuzt haben, immer wütender. „Sie haben mir ein Schmuckstück entwendet, worüber ich immer noch sehr wütend bin", antwortete der Mann. „Und wie waren die Namen der beiden Jungen?", hakte Brendan nach. Der Mann kratzte sich am Kinn und schaute an die Decke. „Ich glaube, die beiden hießen

Alex und Norman", nuschelte er schließlich vor sich hin. „Ja….und die beiden Mädchen, die bei ihnen waren hießen, glaube ich, Mira und Alandra." Brendan, Luke und Valery schauten sich mit großen Augen an. „Ist das Ihr Ernst? Sind Sie sich da auch ganz sicher?", wollte Valery nun ganz genau wissen. „Ja, natürlich", erwiderte der Mann und richtete nun seine ganze Aufmerksamkeit auf die drei. „Sie müssen wissen, dass ich die Namen meiner Feinde bzw. Namen von Dieben niemals vergesse." „Wir danken Ihnen sehr für Ihre Hilfsbereitschaft", sagte Brendan und wandte sich zum gehen. „Halt! Warum auf einmal so schnell? Wo wollen Sie denn hin?" „Wir holen Ihnen das Schmuckstück wieder, was immer das auch sein mag", log Brendan. Die beiden anderen schauten ihn sprachlos an. Brendan konnte nichts anderes tun, als sich einen Finger vor die Lippen zu halten, um den beiden klar zu machen, dass sie lieber nichts sagen sollten. „Ach, tatsächlich? Obwohl ihr keine Ahnung habt, um was es sich für ein Schmuckstück handelt, wollt ihr mir helfen?", stellte der Fremde fest. „Ja, warum denn nicht?" „Hm…..ihr seid schon ein komischer Haufen", meinte er. Zu seinem Glück, stand Brendan mit dem Rücken zu dem Mann, sodass er nicht sehen konnte, wie er mit einem bangen Blick zu Valery und Luke schaute. *Hoffentlich durchschaut er meine Lüge nicht*, dachte er. „Es ist ein goldenes Amulett, das an einer Goldkette hängt", hörte er den Mann plötzlich sagen. Brendan fiel ein Stein vom Herzen. Er hatte tatsächlich die Lüge geschluckt. „Kommt, gehen wir", flüsterte er den anderen zu. „Ich danke Ihnen sehr", brüllte er dem Mann zu und begann zu rennen. „HALT! STOPP!", erklang es aus der Halle.

Doch darauf achtete keiner mehr. Denn in diesem Moment liefen sie, so schnell sie ihre Füße tragen konnten, auch schon zum Eingang zurück.

„Bist du von allen guten Geistern verlassen? Wie konntest du nur so etwas machen?", schrie Sarah ihn an, nachdem die drei wieder heile an Bord angekommen waren. „Schatz, jetzt reg dich bitte nicht so auf", versuchte Brendan seine Frau zu beschwichtigen. Doch das brachte sie keineswegs davon ab, ihn auf den Oberarm zu hauen, der auf einmal tierisch schmerzte. „Hey, wofür war das denn?", fragte er und hob seine Arme, um nicht ein weiteres Mal ein Opfer ihrer Tirade zu werden. „Du hättest dich in große Schwierigkeiten bringen können", erwiderte sie. „Ja, hätte er", mischte sich nun Valery in das Gespräch ein. „Aber er hat somit unser Problem souverän gelöst. Außerdem haben wir jetzt die nötigen Informationen, die wir brauchen, um unsere Suche fortzusetzen." „Sie hat recht", kam nun auch Luke zu Brendans Hilfe dazu. „Wir können nun endlich – nach so langer Zeit – unsere Kinder wiedersehen." Schließlich ebbte Sarahs Wut ab und stand nun mit traurigem Blick vor ihrem Mann. „Es tut mir leid, Schatz", flüsterte sie und vermied ihn dabei anzuschauen. „Du hast ja recht. Aber als ich von deiner waghalsigen Aktion gehört habe, habe ich mir die schlimmsten Dinge ausgemalt, die dir hätten zustoßen können." „Ist schon gut", meinte Brendan leise und nahm seine Frau in den Arm. „Aber wisst ihr, was ich nicht verstehe?", fragte Sarah in die Runde, nachdem sie sich wieder beruhigt hatte. Alle schauten sie fragend an. „Was es mit diesem Amulett, von dem der Mann geredet hat, auf sich hat. Warum wollten sie es unbedingt haben?" „Ich denke, in dieser Sache sind wir alle ein bisschen überfragt", antwortete Valery und schaute zu den anderen hinüber, die zustimmend nickten. „Aber vielleicht kann uns Pinju dazu etwas sagen. Schließlich schippert er schon Jahre lang übers Meer und hat bestimmt die eine oder andere Geschichte aufgeschnappt." „Du bist genial, Valery", sagte Brendan und wäre ihr glatt um den Hals gefallen, wenn Sarah nicht gewesen wäre. „Dann lasst uns mal los", meinte sie und wandte sich zum gehen. „Ihr habt sie gehört. Auf, auf", scherzte Brendan und setzte sich ebenfalls in Bewegung. Dann verließen sie gemeinsam ihre Kajüte und machten sich auf zu Pinju, der an Deck schon sehnsüchtig auf sie wartete. Als sie schließlich an Deck angelangt waren, empfing er sie mit einem breiten Lächeln auf dem Gesicht. „Wie ich sehe, seid ihr ein großes Stück weiter gekommen", stellte er fest. „Ja, kann man so sagen", ergriff Valery das Wort. „Und wie soll es nun weiter gehen?" „Wir haben uns gefragt, ob du uns etwas über ein Amulett sagen kannst", sagte Valery und schaute ihn ganz gespannt an. „Über ein Amulett?", fragte er verwirrt. „Ja. Der Kopf der Organisation erwähnte etwas über dieses Schmuckstück, das ihm von meinem Sohn und drei anderen Kindern entwendet worden ist", meinte Valery. „Und da du schon ein Weilchen auf See unterwegs bist, haben wir gedacht, dass du eventuell die eine oder andere Geschichte über solche Dinge aufgeschnappt hast." Nun schaute Pinju grübelnd aufs offene Meer hinaus. „Hm...", sagte er und kratzte sich dabei am Kinn. „Hm...Moment mal.....ja, ich glaube, da habe ich tatsächlich mal etwas sehr

interessantes aufgeschnappt", sagte er schließlich.
„Echt? Was war es denn?", wollte Valery aufgeregt
wissen. Erneut glitt Pinjus Blick aufs Meer hinaus und
dachte angestrengt darüber nach. Dann wandte er sich
ihnen zu und antwortete: „Als ich eines Tages wieder auf
dem Meer unterwegs war, tauchten plötzlich Gerüchte
um eine reiche Familie auf. Man sagte sich, dass sie eine
Tochter hatten, die auf einmal spurlos verschwunden war,
nachdem ihre Eltern von Einbrechern überrascht und
ermordet worden waren." Valery und die anderen
lauschten ganz gespannt Pinjus Geschichte. „Außerdem
soll die Familie ein sehr wertvolles Schmuckstück
besessen haben, das ihnen am jenen Tag gestohlen
worden war." „Dann müssen diese Typen dort die
Einbrecher gewesen sein", meinte Brendan und deutete
Richtung Insel, von der sie gerade geflohen waren.
„Wenn dem wirklich so ist, muss Alex dieses Amulett an
sich genommen haben – aber wozu? Woher wusste er
etwas von dem Schmuckstück?", sagte Valery
nachdenklich. „Wartet mal", preschte Ashley dazwischen.
„Könnte es nicht sein, dass sie der Tochter dieser reichen
Familie begegnet sind und dadurch von diesem Amulett
erfahren haben?" Brendan, Sarah, Valery und Luke
schauten sie perplex an. „War nur eine Überlegung",
meinte sie nur und hob die Arme. „Das ist aber kein so
schlechter Gedanke", sagte Valery und lächelte. „Oder
hat man etwas vom Tod eines jungen Mädchens gehört,
Pinju?" Pinju drehte sich erschrocken um und schaute in
fünf angespannte Gesichter. „Äh....was?", fragte er
zögernd. „Wir wollten nur von dir wissen, ob das
Mädchen eventuell tot aufgefunden worden ist",
wiederholte Valery die Frage. Daraufhin schüttelte er den

Kopf. „Ich hab es doch gewusst", rief Valery laut aus und schlug mit der Faust in die flache Hand. Doch plötzlich kippte die Stimmung schlagartig. So schnell wie der Höhenflug gekommen war, so schnell war er auch wieder verflogen. „Was ist denn auf einmal los mit euch?", fragte Pinju ganz überrascht. „Ich weiß es nicht...aber irgendwie habe ich das ganz komische Gefühl, dass wir auf dem falschen Weg sind", sagte Valery leise und senkte den Kopf. „Aber wieso denn das?", wollte Sarah wissen. „Ich weiß es nicht. Aber irgendetwas sagt mir, dass sie ihre Reise nicht von hier weiter angetreten haben." Nun waren alle Blicke auf Valery gerichtet. „Du, Pinju", ergriff Sarah schließlich das Wort. „Ja?" „Könntest du dir vorstellen, dass unsere Kinder dieses Amulett der Familie zurückgeben wollten?" Schlagartig war die trübsinnige Stimmung verschwunden, und nun waren alle Blicke auf ihn gerichtet. „Wie meinst du das?" „Na, ist doch ganz einfach. Norman und Alex müssen Wind von der Sache bekommen haben und wollten es sofort wieder beschaffen. Daraufhin sind sie hierher gefahren und stahlen es sozusagen. Vielleicht sind sie danach zu dem Mädchen gefahren, um es ihr wieder zu geben." „Sarah, du bist fantastisch", sagte Brendan und umarmte sie stürmisch. Pinju fasste sich ans Kinn und überlegte kurz. Dann sagte er: „Aber ja doch. Wenn dem wirklich so ist, sind sie bestimmt wieder nach Agewood Town gesegelt." „Agewood Town?", fragte Valery verwirrt. „Ja. Dort soll eine großes Gebäude am Stadtrand stehen, auf dessen Grundstück ebenfalls ein großer schwarzer Turm stehen soll. Vielleicht ist dies die Residenz der reichen Familie gewesen." „Worauf warten wir dann noch? Ab geht es Richtung Agewood Town", sagte Brendan. Alle jubelten einstimmig. „Aber wartet mal.....", sagte Ashley. „Was ist denn?" „Wo liegt überhaupt Agewood Town?" Daraufhin schauten sie sich an und zuckten mit den Schulter. Schließlich beendete Pinju das Schweigen. „Überlasst das mir und meiner Crew. Wir bringen euch unversehrt und schnell dorthin." „Ich danke euch", sagte Valery lächelnd und ließ ihren Blick übers Meer gleiten.

Einen Tag später erreichten sie bei strahlendem Sonnenschein die Stadt Agewood Town. Während Pinju das Schiff vertäuen ließ, gingen Valery, Ashley, Luke, Sarah und Brendan von Bord und schritten den Steg entlang. „Schaut mal", rief Sarah plötzlich laut aus und zeigte auf etwas schwarzes, das hinter einer Häuserreihe hervor lugte. „Das muss der schwarze Turm sein, von dem der alte Mann gesprochen hat", sagte Brendan ganz außer sich vor Freude. „Bist du dir da sicher?", hakte Valery nach. „Ja. Es muss dieser Turm sein, von dem der Mann in Agewood Town gesprochen hat", erwiderte er. „Aber wenn dem so ist, muss dort etwas sehr schlimmes passiert sein, Schatz", entgegnete Sarah und deutete auf sehr dünne Rauchschwaden, die plötzlich neben dem Turm empor stiegen. „Nee, das glaube ich nicht", meinte Brendan nur und winkte ab. Doch Sarah blieb seine Unsicherheit nicht verborgen, die sich in seiner Stimme breit gemacht hatte. „Wie wäre es, wenn wir einfach mal dort rüber gehen und schauen, was passiert ist?", schlug Valery schließlich vor. „Vielleicht ist dort nur jemand, der diesen Rauch verursacht." Kurz darauf machten sie sich geschlossen auf den Weg, um dem Rauch auf den Grund zu gehen. „Schaut euch das mal an", sagte Sarah und deutete auf ein Fachwerkhaus, an dem ein Holzschild angebracht war, das leise im Wind hin und her schwankte. „Bäckerei", las Valery vor und schaute sich die Auslage im Schaufenster an. „Sowas habe ich schon seit Ewigkeiten nicht mehr gesehen", sagte sie. „Mir kommt es so vor, als wären wir in die Vergangenheit gereist", erwiderte Sarah und schaute sich um. Dabei stellte sie fest, dass alle Häuser, die sich neben der Backstube aneinander reihten, ebenfalls allesamt Fachwerkbauten waren. „Das ist echt unglaublich." „Wir sollten jetzt aber mal wirklich weiter gehen", sagte Brendan und holte sie in die Realität zurück. Wenig später passierten sie ein langes Waldstück, das sie schließlich zu einem dunklen Turm führte. „Oh mein Gott. Was ist denn hier passiert?", sagte Sarah entsetzt und hielt sich die Hand vor den Mund. Nun standen die Greemans, die Bekstons und Valery vor einem großen Zaun, der den Schauplatz des Geschehens umrahmte. Der Rauch, den sie vom Steg aus schon gesehen hatten, stammte von einem Trümmerhaufen, der sich links neben dem Turm befand. „Hey Schatz. Was machst du denn da. Komm wieder her", sagte Sarah zu ihrem Mann, der sich gerade durch ein Loch, das sich im Zaun befand, durchzwängte. „Das ist echt unfassbar", sagte Brendan und schaute zum Turm und dann wieder zu dem qualmenden Haufen zurück. „Wer macht denn sowas?" „Ich habe keine Ahnung, du. Aber ich schätze mal, dass diese Aktion etwas mit dem Amulett zu tun hat", erwiderte Valery, die nun an seine Seite getreten war. Brendan schaute sie überrascht an. „Warum glaubst du das?" „Zuerst führt uns unsere Reise zu diesen komischen Typen, die hinter einem Schmuckstück her sind, das von einer reichen Familie stammt. Dann finden wir heraus, dass der Wohnsitz genau dieser Familie hier in Agewood Town ist und stoßen zum Schluss auf diesen Scheiterhaufen hier", erklärte sie ihm ihre Gedanken. „Okay. Nehmen wir mal an, dass das hier wirklich mit dem sagenumwobenen Schmuckstück zu tun hat. Wo waren dann unsere Kinder zu diesem Zeitpunkt ? Und woher wussten sie etwas von dem Ding?" „Hm.....", machte Valery und dachte angestrengt nach. Wie sie es drehte und wendete – sie kam zu keiner plausiblen Antwort. „Wartet mal.....kann es nicht sein, dass einer von beiden, sei es Alex oder Norman, Informationen über dieses Amulett, von wem auch immer, erhalten hat?", ertönte plötzlich eine Stimme ganz nah bei ihnen. Erschrocken drehten sich Brendan und Valery um und standen nun Luke und Ashley gegenüber, die mit Sarah im Schlepptau, ebenfalls durch das Loch geklettert waren. „Gar keine so schlechte Idee", pflichtete Brendan ihr bei. „Aber dann stellt sich die Frage, von wem einer der beiden die Information bekommen hat." „Ist das nicht offensichtlich?", meinte Sarah und schaute sie durchdringend an. „Du meinst doch nicht etwa....", sagte Brendan vollkommen verwirrt. „Doch, klar. Wer, wenn nicht die Tochter selbst, weiß denn etwas über dieses Schmuckstück?", entgegnete Sarah. Innerlich freute sie sich wie ein kleines Kind darüber, dass sie überhaupt so einen Einfall hatte. „Jetzt muss ich deiner Frau in der Sache mal recht geben", meinte Valery und zwinkerte ihr zu. „Okay, okay", meinte Brendan daraufhin nur und hob die Hände. „Ich gebe mich ja geschlagen." „So. Dann bleibt aber nur noch zu klären, wer für diesen Trümmerhaufen hier verantwortlich ist", brachte sich nun auch Luke in die Diskussion mit ein. „Darauf haben wir auch schon eine Antwort", erwiderte Valery. „Wer?" „Die Organisation natürlich", beantwortete Ashley seine Frage. Brendan, Sarah und Valery nickten nur. Danach herrschte Stille. Jetzt war nur noch das verbrannte Holz zu hören, das leise vor sich hin knisterte. Inzwischen war später Nachmittag geworden, und die Sonne hing hoch am Horizont. „Ich denke, wir sind hier fertig", unterbrach Brendan schließlich die Stille und schaute in die Runde. Sarah, Valery und die Bekstons waren ebenfalls seiner Meinung und krochen nun einer nach dem anderen wieder durchs Loch. Doch plötzlich blieb Valery stehen. „Was ist?", wollte Sarah wissen, die als einzige Person davon Wind bekommen hatte. „Ich habe gerade so das Gefühl, als hätten wir noch eine Kleinigkeit übersehen", antwortete sie und schaute Gedankenverloren zum Turm zurück. „Aber wir sollten nun wirklich gehen. Nicht, dass sich die anderen wegen uns Sorgen machen", meinte Sarah und griff sie am Arm. „Okay, dann geh du schon mal vor und sage den anderen Bescheid, dass ich dazu stoße. Ich muss dem Gefühl unbedingt auf den Grund gehen", entgegnete Valery bestimmt und zerrte ihren Arm aus Sarahs Griff. Dann lief sie zum Turm und ließ Sarah alleine zurück.

„Schatz, wo ist denn Valery? War sie nicht eben noch bei dir?", fragte Brendan verwirrt. „Ja", erwiderte sie. „Aber plötzlich verspürte sie ein merkwürdiges Gefühl, etwas übersehen zu haben und ist nochmal zum Turm zurück gelaufen." „Sie ist also ganz alleine dort?", fragte Brendan verwirrt. Sarah nickte nur. „Dann hoffe ich sehr, dass ihr nichts passiert."

Nachdem sie erneut zum Turm zurückgeschaut hatte, ließ Valery das Gefühl nicht los, etwas übersehen zu haben. Nun kroch sie abermals durch das Loch im Zaun und starrte zum zweiten Mal auf den Turm, der jetzt ganz alleine und verlassen auf dem Gelände stand. Ganz langsam setzte sie sich in Bewegung und steuerte zielstrebig auf eine große, schwere Holztür zu. Mit zittrigen Fingern griff Valery die eiserne Klinke und drückte sie hinunter. Zu ihrer Verwunderung öffnete sich die Tür problemlos. *Alex....du warst tatsächlich hier*, dachte sie und setzte ganz langsam einen Fuß über die Schwelle. Als Valery schließlich komplett eingetreten war, sah sie sich aufmerksam um. Das Erste, was ihr auffiel war, dass es keinen Schalter gab, mit dem sie das Licht anschalten konnte. Dafür befand sich aber ein Kerzenständer auf einem großen Holztisch, der die Mitte des Raumes einnahm. Gleich daneben befand sich eine geöffnete Streichholzschachtel. Ohne zu zögern nahm Valery sie in die Hand und entzündete ein Streichholz, mit dem sie die Kerzen zum leuchten brauchte. Nun war der kleine Raum in ein warmes und freundliches Licht gehüllt, in dem sie jetzt alles überblicken konnte. Plötzlich fiel ihr Blick auf eine Werkbank, die an der Wand stand und auf der sich mehrere zusammengerollte Pergamentrollen befanden. Eilig hatte sie den großen Tisch in der Mitte umrundet und stand nun direkt vor der Werkbank. Mit klopfendem Herzen nahm Valery ein Blatt Papier in die Hand und rollte es auseinander. Was sie darauf sah, verschlug ihr fast der Atem.

Mann, wo bleibt sie denn nur?, fragte Sarah sich und wurde mit jeder verstrichenen Minute nervöser. „Ich

denke, wir haben jetzt lange genug auf sie gewartet",
sagte Brendan, der die Nervosität seiner Frau natürlich
nicht entgangen war. „Schatz, wir gehen sie jetzt holen",
sagte Brendan bestimmt. „Und ihr beide bleibt bitte hier",
setzte er an die Bekstons gewandt hinzu. Luke und
Ashley nickten. Jetzt nahm Brendan Sarahs Hand und
zog sie erneut die Stufen herauf. „Brendan, lass los. Ich
kann schon selber gehen", sagte sie, aber ihr Mann
zeigte keine Reaktion. „BRENDAN!" Erschrocken drehte
er sich zu ihr um. „Was ist denn?", fragte er nur. „Nichts
besonderes. Ich wollte lediglich nur, dass du meine Hand
los lässt", erwiderte sie. „Und deswegen schreist du so?"
„Da du nicht sofort reagiert hast, musste ich etwas lauter
werden", entgegnete sie trotzig. Daraufhin ließ er ihre
Hand los. „Danke", nuschelte sie nur und ging ihm voran
in den Wald, der sie erneut zum Turm führen würde. Als
sie wenig später am Zaun angekommen waren, sahen
sie Valery, die gerade mit einer Rolle Papier unter dem
Arm, aus dem Turm kam. „Valery, na endlich", sagte
Sarah und war heilfroh, sie unversehrt zu sehen. „Oh, ihr
seid es", sagte sie ein wenig überrascht und kletterte
durch das Loch. „Was hast du denn da?", fragte Brendan
und deutete mit einem Finger auf die Papierrolle. „Ich
habe dort drinnen etwas Unglaubliches gesehen, das uns
mit Sicherheit zu unseren Kindern bringen wird",
erwiderte Valery mit aufgeregter Stimme, und ihre Augen
begannen zu funkeln. „Aber was.....", hakte Brendan
nach, aber wurde sogleich von Valery unterbrochen. „Das
erzähle ich euch gleich, wenn wir bei den anderen sind!"

„Ist das dein Ernst? Und du machst keine Witze?",
fragten alle im Chor, nachdem Valery geendet hatte.

„Nein, Leute. Ich mache keine Witze." „Aber wie kannst du dir nur so sicher sein, dass gerade dieses Blatt Papier uns zu unseren Kindern bringt?", fragte Ashley nachdenklich. Daraufhin ertönte ein leises Gemurmel. „Weil dies hier eine Schatzkarte ist", erwiderte Valery und rollte das Papier auseinander. Plötzlich starrten alle nur noch auf das Blatt Papier, auf dem drei Inseln unterschiedlicher Größe zu erkennen waren. „Das ist ja unglaublich", sagte Sarah leise. „Aber wie soll uns diese Karte bei unserem Vorhaben helfen?", fragte Luke verwirrt. „Das liegt doch wohl klar auf der Hand", meinte Brendan und klatschte in die Hände. „Was haben unsere Kinder gemeinsam?", stellte Valery die alles entscheide Frage. „Aber natürlich", rief Sarah laut aus. „Alle drei lieben den Nervenkitzel und Abenteuer." „Ganz genau. Und da bietet sich doch diese Karte, auf der ein großes rotes Kreuz zu sehen ist, doch gerade recht für ein Abenteuer an, oder nicht?" Dann schaute Valery sie alle der Reihe nach an. „Du bist ein Genie, Valery", sagte Sarah und fiel ihr vor Freude um den Hals. „Dann sollten wir schleunigst zusehen, dass wir zu dieser Insel kommen. Nicht, dass wir dort ankommen und unsere Kinder sind auf und davon", sagte Luke entschlossen, der seit dem Versteck der Organisation an Selbstvertrauen gewonnen hatte. „Ganz genau", stimmte Valery ihm zu und rollte die Karte zusammen. „Deswegen werde ich mich jetzt auch auf den Weg zu Pinju machen, um ihm die Sachlage zu erklären." „Gut, ich komme mit", meinte Sarah, und gemeinsam stiegen sie die Treppe empor. „Dann bleibt uns nichts anderes übrig, als abzuwarten", erwiderte Brendan und ließ sich seufzend auf einem Stuhl nieder.

„Und ihr denkt wirklich, dass sie dort sind?", fragte Pinju sie mit hochgezogener Braue. „Ja, absolut!", erwiderte Valery bestimmt. „Unsere Kinder lieben Abenteuer und da käme ihnen der Schatz oder was auch immer dort versteckt sein soll, gerade recht." „Hm.....", machte er und kratzte sich am Kinn. „Aber was ist, wenn sie schon weiter gesegelt und jetzt ganz woanders sind?" „Wenn dem wirklich so sein sollte, haben wir dennoch nichts unversucht gelassen, um sie zu finden", antwortete sie eine Spur lauter, als beabsichtigt. Dennoch hatte dieser Satz seine Wirkung nicht verfehlt. Schließlich stimmte Pinju der Aktion seufzend zu.

„Und du weißt zu 100% wie wir zu dieser Insel gelangen?", fragte Valery Pinju, nachdem er seinen Leuten ein paar Befehle entgegen gebrüllt hatte. „Ja, natürlich", erwiderte er schroff. „Ich habe diese Insel zwar noch nie gesehen, aber was ich mir bis jetzt in Kopf gesetzt habe, hat immer geklappt. Da werde ich auch das schaffen." Mit diesen Worten setzte er sich in Bewegung und ließ Sarah und Valery alleine zurück. „Scheint so, als hast du ihn an einem wunden Punkt getroffen", sprach Sarah das aus, was sie dachte. „Möglich", erwiderte sie leise und schaute ihm hinterher. „Mach dir nichts draus. Pinju wird sich schon wieder fangen." Valery nickte. Dann machten sie sich zu den anderen auf, die sie schon sehnsüchtig erwarteten. Nun setzten sie ihre Reise in die unbekannten Gewässer auf und segelten der Ungewissheit entgegen.

Auf zu neuen Ufern

Es war schon früher Nachmittag, als sie endlich wieder aufbrachen. Die Sonne stand glühend heiß am Himmel und ließ das Wasser wie ein großer Kristall glitzern, während der Wind einem durch die Haare fegte. „Ich bin schon ganz aufgeregt", sagte Alex und schaute aufs Meer hinaus. „Und wir erst", sagte Leon, der mit Norman im Schlepptau, dazustieß. „Wisst ihr, was mich am meisten beschäftigt?" Es war Norman, der sich Gedankenverloren neben Alex niederließ. Alex und Leon schauten ihn fragend an. „Nun sag schon", sagte Leon ein wenig genervt. „Ich frage mich, ob unsere Eltern uns bereits auf die Schliche gekommen sind." „Oh nein. Jetzt geht das schon wieder los", sagte Alex und schlug mit der flachen Hand gegen die Stirn. „Was? Was ist daran so falsch?", wollte er von ihm wissen. „Nichts, Norman. Aber dieses Thema hatten wir doch schon oft genug", antwortete Leon an Alex´ Stelle. „Er hat recht, Norman. Dieses Thema hatten wir doch schon, bevor wir uns getrennt haben und kurz darauf schon wieder. Irgendwann musst du doch mal wissen, was du willst. Entweder dieses Abenteuer hier oder lieber den Muttersöhnchen abgeben." Das hatte ihn nun endgültig wachgerüttelt. „Entschuldigt. Natürlich habt ihr beide recht und langsam sollte ich mir wirklich klar werden, was ich möchte", gab er klein bei. „Das wird ja auch langsam mal Zeit", sagte Alex und zwinkerte ihm schelmisch zu. „Hey ihr drei", ertönte plötzlich eine Stimme, und sahen Alandra und Mira auf sich zukommen. „Was gibt es?", fragte Alex und lächelte sie breit an. „Ach, nichts besonderes. Ich wollte nur mal mit euch etwas besprechen", antwortete sie und wedelte mit der Karte vor ihren Gesichtern herum. „Na, gib schon her", forderte Alex sie auf und streckte ihr seine Hand entgegen. Widerwillig übergab Alandra ihm die Karte und setzte sich zu ihm, während er sie auseinander rollte. „Wir müssten uns jetzt hier befinden", erklärte sie ihm und zeigte auf eine Stelle zwischen zwei Inseln. „Wenn wir die Mitte erreicht haben, sind wir so gut wie sicher in der anderen Welt, die uns das Amulett gezeigt hat." „Mann, ich bin schon so gespannt darauf, was uns dort alles erwartet", sagte Alex. „Und ich erst. Das kannst du mir glauben", entgegnete Alandra. „Du, sag mal. Wann sind wir ungefähr an der Stelle?", fragte Mira. „Es wird wohl morgen Vormittag der Fall sein, wenn wir über Nacht auch so super gut voran kommen", antwortete sie. „Du hast jetzt nicht wirklich gesagt, dass wir in der Nacht weitersegeln", sagte Alex überrascht. „Klar, warum denn nicht. Wir sind nicht gezwungen, irgendwo anzulegen nur weil es dunkel ist", erklärte Alandra ihm. „Das ist ja voll abgefahren", meinte Leon.

Kurz darauf setzte auch schon die Abenddämmerung ein, und die Sonne hing ganz dicht über dem Wasser. „Schaut mal. Gleich verschwindet sie im Meer", sagte Mira und schaute ganz gebannt auf das Schauspiel, was sich vor ihnen abspielte. „Ach quatsch. Die verschwindet da irgendwo und geht über einem anderen Kontinent wieder auf", belehrte Leon sie. „Das weiß ich doch", erwiderte Mira beleidigt und drehte sich weg. „Ich habe doch nur gesagt, dass es so aussieht, als stürzte sie ins Meer." „Na, na. Hier wird sich nicht gestritten", sagte Alandra. „Ihr solltet jetzt langsam mal ins Bett gehen, damit ihr fit für das morgige Abenteuer seid", befahl sie den dreien. „Und was ist mit dir?" „Ich muss den Kurs überwachen. Nicht, dass wir ganz woanders landen, als geplant." „Okay, dann bleibe ich aber bei dir", sagte Mira. „Aber wäre es nicht besser, wenn....." „Nein. Ich könnte jetzt eh noch nicht schlafen", unterbrach sie Alandra sofort. „Wir bleiben auch", sagte Alex bestimmt und setzte sich auf. „Wenn sie auf bleibt, bleiben Leon, Norman und ich ebenfalls die ganze Nacht auf." Zu seiner Unterstützung nickten Leon und Norman heftig mit dem Kopf. „Okay, okay. Ihr habt mich überzeugt", sagte Alandra und lächelte. „Dennoch sollten wir uns für die Nacht stärken, damit uns keiner einschläft." „Aye, aye", riefen sie im Chor.

Nachdem sie sich ausgiebig gestärkt hatten und Alandra mit dem Steuermann vereinbart hatte, dass sie die ganze Nacht durchsegeln würden, ließen sich die fünf abermals auf dem Deck nieder. Jetzt war die Sonne nun vollends untergegangen und überließ den Sternen ihren Platz. „Oh, seht mal", sagte Mira und deutete zum Sternenzelt empor. „Wir werden heute eine klare Nacht bekommen", sagte Alandra und ließ ihren Blick über den Himmel gleiten. „Ach wie schön das doch hier draußen ist. Und vor allem so schön ruhig", meinte Alex seufzend. „Leute, es dauert nicht mehr lange, und wir sind in einer ganz anderen Welt", sagte Leon mit glitzernden Augen. „Oh ja", erwiderten sie im Chor. Plötzlich sah Alex in weiter Ferne ein kleines, helles Licht aufblitzen. „Hey, seht ihr das auch?", fragte er Leon und Norman. „Was? Was sollen wir sehen?" „Na, das Licht dort hinten", antwortete Alex und zeigte zu der Stelle, an der er es gesehen hatte. „Ich sehe nichts." „Ich auch nicht", setzte Norman hinzu.

Gerade wollten sich die beiden von ihm abwenden, als Alex erneut aufschrie. „Da!" So schnell sie konnten, drehten sich Leon und Norman wieder zu ihm um – und sahen es nun ebenfalls. „Tatsache", sagte Leon und starrte mit großen Augen zu dem kleinen Licht hinüber. „Wo kommt denn das Licht her? Etwa von der Insel?", fragte Mira, die es nun ebenfalls bemerkt hatte. „Wenn ich es nicht besser wüsste, würde ich sagen, dass es von einem anderen Schiff kommt", sagte Alandra, die sich ein Fernrohr vors Auge hielt. „Bist du dir sicher?", fragte Alex aufgeregt. „So wie es ausschaut, ja. Aber mit Sicherheit kann ich das erst in den frühen Morgenstunden sagen, wenn es wieder hell geworden ist." „Aber falls dieses Licht von einem anderen Schiff kommt. Wer hätte denn Interesse uns zu verfolgen?", fragte Mira verwundert. „Die Frage ist doch nicht *wer*, sondern *warum*?" Daraufhin schauten alle zu Alex, der sich nun ihnen zugewandt hatte. „Worauf willst du hinaus, Kumpel?", fragte Leon, der genauso ratlos war wie alle anderen. „Na, ist doch klar. Die Organisation könnte uns wegen des Amuletts verflogen. Aber dann gibt es noch eine andere Partei, die uns zu gerne haben möchte", erklärte Alex ihnen seine Gedanken. „Also der erste Gedanke ist doch völlig daher geholt", zerschmetterte Alandra seinen ersten Gedanken wieder. „Warum?" „Na, hör mal. Die waren doch nur hinter dem Amulett und nicht der Karte her. Wahrscheinlich wissen die noch nicht einmal etwas von der Karte." „Und wer befindet sich deiner Meinung nach dort hinten auf dem Schiff?", fragte Alex tonlos. „Wer wohl", erwiderte Alandra schnippisch. „Du glaubst doch nicht etwa...", fiel schließlich bei ihm der Groschen, nachdem er angestrengt nachgedacht hatte. „Oh doch.

Genau davon gehe ich aus!" „Dann stellt sich aber für mich die Frage, wie sie Wind davon bekommen haben und an dieses Schiff gekommen sind", entgegnete Leon. „Na ja. Dass sie auf der Suche nach euch sind, wissen wir ja bereits", meinte Alandra. „Ich denke, dass sie Stück für Stück dahinter gekommen sind, was mit euch geschehen ist und was ihr jetzt vor habt." „Ich finde es erstaunlich, dass eure Eltern eine so große Reise auf sich nehmen", sagte Mira. Alex, Leon und Norman schauten sie verdutzt an. „Was ist? Meine Eltern werden sich wahrscheinlich wieder einmal einen Scheiß um mich kümmern. Lieber informieren sie die Polizei über mein Verschwinden, anstatt sich selber auf die Suche nach mir zu machen." „Hm...", erwiderte Alex und starrte in den Himmel, der bereits mit Sternen übersät war. *Ja genau. Warum suchen sie nach uns? Wäre es für sie nicht besser, wenn sie das der Polizei überließen?*, fragte Alex sich. Doch dann wurde ihm plötzlich klar, wer für die Suchaktion verantwortlich sein musste. „Meine Mutter", murmelte Alex vor sich hin. „Was hast du gesagt?", fragte Leon perplex. „Ich weiß jetzt, wer für die ganze Suchaktion verantwortlich ist", antwortete Alex. „Was? Wie meinst du das?", hakte Norman nach. Alex hielt kurz inne. Dann erwiderte er: „Meine Mutter ist für die Aktion verantwortlich." Plötzlich herrschte auf dem Deck eine Totenstille. In diesem Moment konnte man nur das Meer hören, das seine Wellen gegen das Schiff abprallen ließ. „Wie kommst du darauf, dass deine Mutter für die Suche verantwortlich ist? Und überhaupt. Wie kommst du darauf, dass dort hinten unsere Eltern auf dem Schiff sein sollen und nicht jemand anderes?", wollte Leon von ihm wissen. „Also, ich kann mir niemand anderes vorstellen, der hinter uns her sein sollte. Da bleiben dann ja nur unsere Eltern über", erwiderte Alex forsch. „Außerdem hat Alandra bereits gesagt, dass es auf keinen Fall die Organisation sein kann, weil sie nur von dem Amulett und nichts von der Karte wussten." „Aber trotzdem frage ich mich, wie du auf deine Mutter kommst", ließ Leon nicht locker und schaute ihn durchdringend an. „Weil meine Eltern geschieden sind und meine Mutter mit mir alleinerziehend ist. Sie war jedes Mal damit konfrontiert, dass ich verschwunden bin, wenn sie nach Hause gekommen ist." „Aber, dass deine Mutter alleinerziehend ist, kann doch noch lange nicht der Grund dafür sein, dass sie sich einfach so auf eine lange Reise begibt", meinte Leon nachdenklich. „Da hast du nicht Unrecht. Aber was ist, wenn die Polizei nichts zu unserem Fall beisteuern kann? Was würdest du dann machen?" Nun wandte Leon seinen Blick von ihm ab und schaute aufs Meer hinaus, das im Mondschein zu leuchten begonnen hatte. „Ich hätte wahrscheinlich genauso gehandelt", erwiderte er schließlich, ohne sich Alex erneut zuzuwenden. „Leute, wollen wir nicht lieber reingehen?", fragte Norman in die Runde und beendete somit die Diskussion. „Warum, ist dir etwa kalt?", fragte Leon. „Ein bisschen", gab er kleinlaut zu. „Dann solltest du besser reingehen", meinte Mira und trat an seine Seite. „Und was ist mit euch?" Der Rest schüttelte wortlos den Kopf. „Na gut. Dann gehe ich eben alleine wieder nach unten. Also ich möchte mir hier draußen nichts wegholen. Sonst heißt es womöglich noch *Bett hüten, anstatt Abenteuer erleben.*" Mit diesen Worten verließ er die Gruppe, um sich unter Deck zu begeben. „Er hat recht", meinte Alandra. „Stellt euch nur mal vor, ihr werdet wirklich krank. Das wäre doch das Schlimmste, was euch passieren kann, oder nicht?" „Ich bin da ganz deiner Meinung", stand Mira ihr bei. „Wenn es euch nichts ausmacht Jungs, gehe ich auch." Kurz darauf war auch Mira verschwunden. Jetzt standen nur noch Alex, Leon und Alandra an Deck, die sich nacheinander anschauten. Schließlich sagte Alandra: „Ihr solltet auch gehen. Oder wollt ihr mit einer Erkältung im Bett bleiben, während die anderen beiden euer Abenteuer erleben?" Diese Ansage hatte gesessen! „Okay, du hast recht", gab Alex schließlich zu und trottete mit Leon davon. „Wäre echt cool gewesen, wenn wir die ganze Nacht hier hätten verbringen können", sagte Alex, während er mit Leon im Schlepptau, die Treppe unters Deck hinab stieg. „Ja, schon. Aber sie hat ja recht. Ich hätte keine große Lust darauf, mit Fieber im Bett zu liegen", sagte Leon. „Ja, ja, ist schon gut", erwiderte Alex beleidigt. Im selben Moment hatten sie ihre Kabine erreicht. Alex drückte die Klinke herunter und öffnete die Tür. In der Kabine war es stockdunkel. „Nicht", zischte Leon ihn an, als Alex gerade im Begriff war den Lichtschalter zu betätigen. „Was ist?" „Norman schläft bestimmt schon und da wollte ich ihn nicht wecken." „Ich höre hier aber gar nichts", meinte Alex, nachdem er angestrengt in die Stille gelauscht hatte. „Moment mal", entgegnete Leon und schaltete nun das Licht ein. „Das gibt es doch gar nicht", stieß Alex aus, als er sah, dass Norman nicht wie vermutet in seinem Bett lag. „Aber wo ist er denn hin?" „Vielleicht ist er ja mit Mira im Gemeinschaftssaal", sagte Leon. „Meinst du wirklich?", fragte Alex skeptisch. „Könnte ja sein. Aber wissen, tue ich es nicht." „Dann komm", sagte Alex und machte auf dem Absatz kehrt, während Leon wieder das

161

Licht löschte und die Tür hinter sich schloss.

„Da seid ihr ja", stellte Alex freudig fest, als er zusammen mit Leon den Gemeinschaftssaal betrat. „Wo sollten wir denn sonst sein?", fragte Norman. „Ich dachte, ihr seid schon schlafen gegangen", verteidigte Alex sich und gesellte sich nun zu den beiden. „Nee. Könnte ich gar nicht, jetzt wo ich noch so aufgedreht bin." „Aufgedreht? Nicht *aufgeregt?*", wollte Mira nun von ihm wissen. „Aufgeregt bin ich sowieso. Aber irgendwie habe ich so das Gefühl, als hätte mein Körper gerade mehr Adrenalin, als Blut durch die Bahnen geschossen", versuchte Norman ihr seine Situation zu erklären. „Das kenne ich nur zu gut", sagte Alex. „Wisst ihr noch, wo wir alle zusammen im Zimmer saßen und uns die Geschichten berühmter Abenteurer angesehen haben? Damals ging es mir nicht anders wie jetzt dir. Ich wollte unbedingt auch so etwas erleben wie die es zuvor getan haben." „Und wie ist es jetzt?" „Jetzt ist es genauso. Ich kann es kaum noch abwarten, dass wir endlich in die andere Welt kommen." „Ich denke, keiner kann es nicht mehr abwarten endlich in ein noch größeres Abenteuer einzutauchen, nicht wahr Leon?", sagte Mira und schaute in die Runde. „Da hast du absolut recht", stimmte Leon ihr zu und lächelte. Danach erzählten sie sich alles, was sie bereits erlebt haben bis schließlich ihre Augen zu fielen und sie einschliefen. *„Aufwachen, los. Alandra braucht eure Hilfe, los jetzt!"*, ertonte plotzlich eine ganz laute Stimme in seinem Kopf, die Alex hochschrecken ließ. „Was? Was ist los?", brüllte er. „Alex, leg dich wieder hin", murmelte Leon vor sich hin und drehte sich auf die andere Seite. Dann entdeckte er plötzlich Ramonya, die ganz nah bei ihm schwebte. „Ramonya, du hier?", fragte Alex verdutzt und setzte sich auf. „Klar, wo soll ich denn sonst sein? Ich bin die ganze Zeit bei euch", erwiderte sie und schaute ihn durchdringend an. „Aber warum hast du dich seit Crystal Island gar nicht mehr gezeigt?", wollte er von ihr wissen. „Weil ich wusste, dass meine Hilfe hier nicht benötigt werden würde", antwortete sie. Darauf erwiderte Alex nichts. Schließlich sagte sie eindringlich: „Jetzt steh aber endlich mal auf. Alandra braucht wirklich deine Hilfe. Nachdem er sich ausgiebig gereckt und gestreckt hatte, stand er leise auf und verließ zusammen mit Ramonya den Raum.

„Alandra, was ist denn los?", brüllte Alex gegen den Wind, der plötzlich eingesetzt hatte. „Wir haben uns festgefahren", erwiderte sie brüllend und stutzte, als sie Alex alleine da stehen sah. „Wo sind die anderen?" „Die schlafen noch erwiderte Alex tonlos. „Aber Ramonya hat dir doch bestimmt gesagt, dass ich *eure* und nicht nur *deine* Hilfe brauche, oder", sagte sie jetzt eine Spur härter. „Ich glaube, sie hat beides erwähnt", meinte er kleinlaut und schaute zu Alandra hoch. „Na ja, wie dem auch sei. Ich brauche auf jeden Fall euch alle hier. Sonst kommen wir wahrscheinlich gar nicht mehr weg." „Ich habe verstanden. Werde sie dann mal holen gehen." Abrupt drehte er sich um und war gerade im Begriff wieder unter Deck zu gehen, als er es abermals sah. Es war das Schiff, das sie schon Stunden zuvor gefolgt und ein gutes Stück näher gekommen war. Da die Sonne nun allmählich auf ging, sah es so aus, als stünde das Schiff der Verfolger in Flammen. Ohne noch einmal einen letzten Blick auf das unbekannte Schiff zu werfen, rannte

Alex so schnell wie seine Füße ihn tragen konnten, nach unten. Dort riss er Mira, Leon und Norman aus dem Schlaf, die von alledem noch nichts wussten. „Aufstehen. Alandra braucht unsere Hilfe", stürmte er brüllend den Gemeinschaftssaal. „Was ist los? Alandra braucht unsere Hilfe?", fragte Mira entsetzt und setzte sich sofort auf. Leon wurde ebenfalls langsam wach und schaute Alex verwirrt an. „Weswegen brüllst du hier so rum?" „Alandra braucht sofort unsere Hilfe", lieferte Mira blitzschnell eine Antwort, während sie wie wild versuchte, Norman aus seinem Tiefschlaf zu reißen. „Nicht nur das. Ich habe eben wieder dieses Schiff gesehen, welches uns schon seit gestern Abend verfolgt", setzte Alex sie in Kenntnis. Diese Information ließ Leon hellhörig werden. Auch Norman war nun gänzlich wach und schaute sie mit einem aufgeregten Gesichtsausdruck an. „Alex, wo hast du das Fernglas?", fragte Leon sofort. „Das müsste noch in meiner Tasche sein", erwiderte er. „Sehr gut. Dann werden wir es sofort holen und gehen dann an Deck", sagte Leon bestimmt. Gesagt, getan: Gemeinsam gingen sie zu ihrer Kajüte, aus der Alex Sekunden später mit dem Fernglas in der Hand, wieder hinaus trat. Geschlossen liefen sie aufs Deck hinauf. „Na, endlich. Da seid ihr ja", ertönte plötzlich eine genervte Stimme hinter ihnen. Alle drehten sich zeitgleich um und sahen Alandra auf sich zukommen. „Ich warte hier schon eine halbe Ewigkeit auf euch. Was habt ihr überhaupt mit dem Ding da vor?", fragte sie, als sie das Fernglas in Alex' Hand bemerkte. „Sie wollten nur mal ganz schnell nachsehen, wer sich dort hinten auf dem Schiff befindet", verteidigte Mira die Jungen. „Na, schön", meinte sie leicht gereizt. „Aber vergesst nicht, dass wir das Abenteuer vergessen können, wenn sie uns haben." „Nein, nein. Wir machen auch schnell", versprach Alex, stellte sich an die Reling und hielt sich das Glas vor die Augen. Was er nun sah, hinterließ ein flaues Gefühl in seiner Magengegend. „Was ist denn los? Du siehst ja gar nicht gut aus", sagte Leon und schaute seinen Freund besorgt an. „Ich glaub das einfach nicht", murmelte er leise vor sich hin. Dann ließ er das Fernglas sinken. „Was glaubst du nicht? Los, sprich mit uns", forderte Norman ihn auf, mit der Sprache herauszurücken. Wortlos gab er das Glas an Leon weiter und trat nun an Alandras Seite. Nachdem Leon einen Blick hindurch geworfen hatte, konnte man auch bei ihm eine sichtbare Veränderung in seinem Gesicht beobachten. Wie schon bei Alex zuvor, sah er plötzlich so aus, als sei ihm schlecht. „Gib mal her", sagte Norman und entriss Leon das Glas. Als er es schließlich vor die Augen hielt und seine Eltern auf dem anderen Schiff erblickte, war sein erster Gedanke *Ich muss hier weg.* „Alex, wir sollten hier so schnell wie möglich abhauen", redete Norman auf ihn ein. „Ansonsten können wir das Abenteuer in der anderen Welt wirklich vergessen." Dann trat er an Alandras Seite, die mit jeder verstrichenen Minute immer ungeduldiger wurde. „Er hat recht, Alex. Wir sind jetzt schon soweit gekommen", setzte Leon hinzu. „Du willst doch bestimmt auch wissen, wohin die Reise führt oder etwa nicht." Plötzlich war die Unsicherheit aus seinem Gesicht verschwunden. Nun hatte ihn erneut die Abenteuerlust gepackt. „Was sollen wir tun?", fragte er Alandra. „Da ich euer gesamtes Gewicht vorne brauche, wäre es gut, wenn ihr euch nach vorne ins Netz begeben könntet", antwortete sie. „Sobald die Sache erledigt ist, komme ich zu euch." Kurz darauf setzten sich die drei Freunde und Mira in Bewegung und kletterten wie abgemacht ins Netz. Dort verharrten sie eine Weile, bis Alandra schließlich wenige Minuten später zu ihnen stieß. „Ihr könnt wieder an Bord kommen", teilte sie ihnen fröhlich mit. „Hat es funktioniert?", wollte Alex von ihr wissen, während er wieder aufs Schiff kletterte. „Ja, und wie", erwiderte sie lächelnd. Und tatsächlich spürte er in diesem Moment ein leichtes Auf und Ab gehen des Schiffes. Kurz darauf standen sie wieder vereint auf dem Deck und schauten zu dem anderen Schiff hinüber, das immer noch hinter ihnen her war. Auf einmal meinte Alex, seine Mutter etwas rufen gehört zu haben. Aber das konnte nicht möglich sein – oder doch? „Hey Norman, Leon. Habt ihr eben auch jemanden etwas rufen gehört?" „Nein", erwiderten sie beide im Chor und schauten ihn verdutzt an. Dann glitten ihre Blicke wieder zum Schiff hinüber. Und dann hörte er es ein weiteres Mal. „Alex!", drang es erneut an sein Ohr. Plötzlich spürte Alex wie sich all seine Nackenhaare aufstellten. Um sicher zu gehen, dass er sich das Ganze nicht eingebildet hatte, ging er auf ein kleines Podest zu, auf dem er das Fernglas abgelegt hatte. Dann hob er es hoch und ließ es mit zitternden Händen vor seine Augen gleiten. Und tatsächlich. Auf der gegenüberliegenden Seite, an der Reling stand seine Mutter und winkte wie wild zu ihm hinüber. „Mum, mach dir keine Sorgen", begann Alex plötzlich an zu schreien und erntete dafür nur von Norman und Leon fragende Blicke. „Uns geht es gut. Wir werden wieder kommen, das verspreche ich dir." Kaum hatte Alex den Satz beendet, war das Schiff wie von Geisterhand verschwunden, während sie sich in tiefer Dunkelheit wiederfanden.

Endlich Gewissheit

Er war bereits der dritte Tag, den sie auf hoher See verbrachten, und langsam beschlich sie das Gefühl, umher zu irren. Doch auf einmal änderte sich alles, als Pinju sie plötzlich zu sich rief und mit ausgestrecktem Arm auf eine Insel deutete, die direkt vor ihnen lag. „Ist das die Insel?", fragte Sarah ganz aufgeregt. „Ja, das muss sie sein", erwiderte Valery und faltete die Karte auseinander, die sie seit ihrem Fund in Agewood Town nicht mehr aus der Hand gelegt hatte. „Wir sind gestern an dieser Insel vorbei gekommen", erklärte sie den anderen und deutete mit einem Finger auf eine kleine Insel, die auf der Karte eingezeichnet war. „Was für mich bedeutet, dass diese Insel hier, die Schatzinsel sein muss." Jetzt waren alle Köpfe zu dem Fleckchen Land gedreht, das sich nun als große Chance entpuppte, endlich ihre Kinder wiederzusehen. Inzwischen begann die Sonne unterzugehen, die den Sand am Ufer zum funkeln brachte. „Ach wie schön", sagte Sarah und schaute verträumt auf den Sand. „Hey seht mal", schrie Ashley plötzlich laut auf und riss Sarah sogleich aus ihren Träumen. Dann glitt ihr Blick auf ein fremdes Schiff, auf das Ashley hysterisch deutete und sich langsam, aber stetig von der Insel entfernte. „Könnten da etwa unsere Kinder drauf sein?", fragte sie ganz aufgeregt in die Runde. „Ja, könnte gut möglich sein", antwortete Valery, die sich zu ihr gesellt hatte und rollte ihre Karte wieder zusammen. Dann versammelten sie sich an der Reling, um einen besseren Blick auf das unbekannte Schiff zu erhaschen. *Das müssen sie einfach sein*, dachte Valery. „Pinju, könntest du uns bitte näher an dieses Schiff bringen?", bat sie ihn. „Aber natürlich", erwiderte er und teilte seiner Crew sofort den neuen Kurs mit. Gespannt schauten sie auf das andere Schiff, auf dem sich ihre Kinder einfach befinden mussten. „So. Wir müssten sie gleich eingeholt haben", sagte Pinju, der an ihre Seite getreten war. „Hast du zufällig ein Fernglas hier?", fragte Valery. „Ja klar." „Könntest du es mir bitte kurz borgen?" „Natürlich. Ich hole es dir", erwiderte er und setzte sich in Bewegung. Wenige Minuten später stieß er mit einem schwarzen Gegenstand in der Hand wieder zu ihnen. „Danke", sagte Valery, nahm das Fernglas entgegen und hielt es sich vor die Augen. Was sie dann sah, konnte sie kaum glauben. Plötzlich sah sie dort drei Jungen sitzen, die sich vergnügt unterhielten. *Alex, bist du das wirklich?*, fragte sie sich. Als sie ein weiteres Mal zu ihm hinüber spähte, gab es keinen Zweifel mehr. „Leute, das müsst ihr euch mal ansehen", sagte Valery mit zitternder Stimme und gab das Glas an Sarah weiter, die ihr am nächsten stand. „Bist du dir ganz sicher, dass das unsere Kinder sind?", fragte Sarah zweifelnd. „Ja, das bin ich", erwiderte Valery bestimmt. „Du musst dir nur mal den mittleren Jungen anschauen. Dann weißt du, dass diese drei Jungen unsere Kinder sind." Wie geheißen, hielt sich Sarah erneut das Glas vor die Augen. „Das ist ja…….unglaublich", rief Sarah schließlich laut aus, als sie ihren Sohn auf dem Schiff entdeckte. „Was ist denn?", wollte Ashley nun ganz aufgeregt von Ihr wIssen. „Du wIrst es bestImmt nIcht glauben. Aber sieh selbst", erwiderte Sarah und hielt ihr das Glas entgegen, das Ashley gierig an sich riss und schließlich vor die Augen hielt. „Seid ihr euch wirklich sicher, dass diese drei Jungen dort unsere Söhne sind?", fragte sie anschließend die beiden ganz verwirrt. „Absolut", meinte Valery nur. „Aber....sie sehen doch ganz anders aus." „Wenn du genauer hinschaust, wirst du deinen Sohn erkennen", gab Sarah zurück. „Ihr habt recht", gestand sich Ashley wenig später ein. „Ja, das sind sie wahrhaftig", murmelte Valery mit zitternder Stimme vor sich hin. Und plötzlich merkte sie wie die Dämme brachen und die Tränen sich ihren Weg bahnten.Allmählich viel auch der Stress von ihr ab, der sich während der ganzen Suche angesammelt hatte. Seitdem sie mit den anderen zu dieser Reise aufgebrochen war, waren Wochen (vielleicht auch Monate) ins Land gegangen. „Ich wäre jetzt dafür, dass wir wieder unter Deck gehen", riss Sarah sie aus ihren Gedanken. „Es ist doch ziemlich kalt geworden. Nicht, dass wir uns noch etwas wegholen." Damit hatte sie nicht unrecht. Da die Sonne inzwischen gänzlich untergegangen war, hatte der Wind um einiges zugenommen. „Kommt ihr?", fragte Sarah, die sich bereits mit Brendan in Bewegung gesetzt hatte. Daraufhin folgten ihr Ashley und Luke. Nun stand Valery alleine da und warf noch einen letzten Blick auf das Schiff vor ihnen, ehe sie den anderen nach unten folgte.

„Aber wisst ihr, was ich nicht so ganz verstehe?", sagte Valery in die Runde und schaute jeden einzelnen fragend an. „Ja, mir geht es genauso", erwiderte Sarah, die ebenfalls einen fragenden Gesichtsausdruck aufgelegt hatte. „Wie?" „Na, du fragst dich bestimmt auch, was es mit diesem Schatz auf der Insel auf sich hat und warum unsere Söhne jetzt ganz anders aussehen", offenbarte sie ihre und Valerys Gedanken. „Genau...", meinte Valery nur. „Vielleicht bestand dieser Schatz gar nicht aus einer prallgefüllten Truhe voller Gold, sondern aus etwas ganz anderem", mutmaßte sie weiter. „Aber aus was sollte denn noch ein Schatz bestehen?", fragte Valery nachdenklich und kratzte sich am Kinn. „Ich kann mir das auch nicht so genau erklären. Aber ich denke, dass es etwas mit Reife und dem Erwachsenwerden zu tun hat", sagte Sarah. „Ansonsten kann ich mir ihre Veränderung auch nicht erklären." „Wenn dem wirklich so sein sollte….warum sehen eure Söhne nicht so wie mein Alex aus? Warum hat er nur so einen Hut getragen und Leon und Norman nicht?" Plötzlich war jeder in dem Raum verstummt, und jeder hing seinen eigenen Gedanken nach. Nur das Knarzen des Holzes war zu hören. „Vielleicht…….vielleicht trägt nur dein Sohn diesen Hut, weil er ihn als Anführer dieser Gruppe symbolisieren soll", ergriff Ashley das Wort. „Bist du dir sicher?" Ashley nickte. „Leute, es ist schon spät und mir fallen gleich die Augen zu", schaltete sich nun Brendan in die Diskussion ein. „Okay. Dann würde ich jetzt sagen, dass wir diese Unterhaltung einstellen. Morgen ist schließlich auch noch ein Tag, an dem wir frischen Mutes weiter rätseln können", stimmte Sarah ihrem Mann zu. Wenig später lösten sie sich auf und gingen in ihre Kajüten, um für den nächsten Tag fit zu sein.

Es war sehr früh am Morgen, als Valery aufstand und an Deck ging, um nach dem anderen Schiff Ausschau zu halten. Als sie es schließlich entdeckt hatte, musste sie feststellen, dass es auf einmal stehen geblieben war. Jedenfalls vermutete sie es, da sie keine Wellen seitlich des Schiffes mehr erkennen konnte. *Das muss ich den anderen erzählen,* dachte sie und lief Sekunden später wieder unter Deck, um den anderen die gute Nachricht zu unterbreiten. „Los, aufstehen! Das müsst ihr euch anschauen", rief sie laut aus, als sie in die einzelnen Kajüten gestürmt war. „Was? Was ist los?", schreckten Sarah und Brendan gleichzeitig auf. „Das Schiff mit unseren Kindern ist stehen geblieben", antwortete Valery. „Was? Bist du dir sicher?", fragte Ashley ganz aufgeregt, die nun zusammen mit Luke zu ihnen gestoßen war. „Ja, es ist wahr. Jedenfalls nehme ich es an, dass es so ist, weil ich seitlich des Schiff keine Wellen mehr gesehen habe." „Aber wieso sollten sie so einfach stehen bleiben?", fragte Sarah in die Runde. „Vielleicht ist dies nicht absichtlich geschehen", gab Brendan zu bedenken. „Es könnte sein, dass sie sich festgefahren haben." „Egal, was der Grund dafür ist. Wir müssen jetzt auf jeden Fall hoch an Deck", sagte Valery ungeduldig und stürmte davon. Kurz darauf erschien auch der Rest der Gruppe an Deck und starrten ganz gespannt zu dem anderen Schiff hinüber. „Du hast recht. Sie sind wirklich stehen geblieben", sagte Sarah sichtlich überrascht. Auch Ashley, Luke und Brendan konnten ihre Überraschung kaum verbergen. Da die Sonne nun langsam, aber stetig immer höher stieg, konnten sie nun auf dem Deck des anderen Schiffes hektisches Gewusel erkennen. „Was machen die da?", fragte Sarah ohne den Blick vom Geschehen abzuwenden. „Das würde ich auch zu gerne wissen", meinte Valery. Wenig später hatten sie es schließlich geschafft, so nah ans Schiff zu kommen, dass sie mit ansehen konnten, was dort vor sich ging. „Warum rennen sie alle nach vorne ins Netz?", fragte Ashley verwirrt. „Wie?" „Na, da vorne ist doch ein Netz über dem Wasser gespannt. Warum klettern sie denn dort rein?" „Um sich wieder loszureißen", antwortete Valery. „Was meinst du denn damit?", wollte Sarah von ihr wissen. „Da sie sich augenscheinlich festgefahren haben, muss das ganze Gewicht der Crew nach vorne verlagert werden, um das Ruder wieder loszubekommen." „Ah, jetzt verstehe ich." Da sie dem anderen Schiff nun ziemlich nah gekommen waren, verspürte Valery plötzlich das Verlangen, ganz laut den Namen ihres Sohnes zu rufen. Und dann trat sie entschlossen an die Reling und rief ganz laut: „Alex!" Sarah, Ashley, Luke und Brendan schreckten bei der plötzlichen Lautstärke zusammen. „Warum hast du das gemacht?", fragte Sarah keuchend. „Weiß nicht. Es kam einfach so über mich", antwortete Valery wahrheitsgemäß. „Hättest du uns nicht vorher mal warnen können?", sagte Brendan schroff. „Ich habe halb einen Herzinfarkt bekommen. „Entschuldigt." Kurz darauf sahen sie wie ihre Söhne zusammen mit einem Mädchen wieder das Netz verließen und sich das Schiff von neuem in Bewegung setzte. „Vorsicht, ich werde wieder laut", warnte Valery die anderen vor und rief erneut Alex´ Namen aus voller Kehle. Daraufhin vernahm sie von der anderen Seite eine langsame Bewegung, und wenige Augenblicke später schaute jemand mit einem Fernglas (oder was auch immer das war) zu ihnen hinüber. „Sarah, hast du noch das Glas?", fragte Valery sie mit aufgeregter Stimme. Ohne ein Wort zu sagen, reichte Sarah ihr das Fernglas hinüber, das sie sich sofort vor die Augen hielt. Als sie sah, dass ihr Sohn ebenfalls zu ihnen hinüber sah, begann sie mit der freien Hand wie wild zu winken. „Was machst du denn da?", fragte Sarah sie verwundert. „Alex schaut hier herüber, und ich glaube, dass er mich gesehen hat", sagte Valery mit vor Aufregung zittender Stimme. Auf einmal drang die Stimme ihres Sohnes an ihr Ohr. Obwohl er so weit weg war, konnte sie ihn klar und deutlich rufen hören: „Mama, macht euch keine Sorgen. Mir und den anderen geht es gut und ich verspreche dir, dass wir wieder kommen werden." Und dann verschwand das Schiff einfach so von der Bildfläche.

„Was ist da nur passiert? Was hat er zu dir gesagt?", fragte Sarah Valery und packte sie an den Schultern. Man konnte das Entsetzen in ihren Augen genau sehen. „Ich weiß auch nicht….,was da eben geschehen ist", erwiderte sie tonlos und starrte mit weit aufgerissenen Augen auf die Stelle, an der sich eben noch das Schiff mit ihrem Sohn befunden hat. Nun war es wie durch Zauberhand weg, und sie konnten sich keinen Reim darauf machen wie das zustande gekommen war. „Aber du musst doch gehört haben, was dein Sohn zu dir gesagt hat", redete Sarah immer weiter auf sie ein. „Er…..er hat gesagt…...", versuchte Valery die Worte zu wiederholen. Aber durch die Tatsache, dass Alex erneut verschwunden war – und das auch noch vor ihren Augen – hinderte sie daran, weiter zu sprechen. Sarah war erneut im Begriff, sie fest an den Schultern zu packen, als Brendan einschritt und sie gerade noch davon abhalten konnte. „Es ist gut Schatz. Ich kann mir vorstellen wie du dich fühlen musst. Aber deswegen brauchst du nicht so grob zu einer Person sein, die dafür absolut nichts kann", redete er vorsichtig auf sie ein. „Ist schon gut", sagte Valery leise und wischte sich die

Tränen von der Wange. „Alex hat gesagt, dass es ihm und den anderen gut gehe und sie auf jeden Fall wieder kommen werden." „Aber wann soll das sein? Wann kommt denn mein Leon oder dein Alex und Sarahs Norman wieder?", fragte Ashley sie, die ebenfalls ziemlich neben der Spur zu sein schien. Daraufhin konnte Valery nur mit den Schultern zucken. „Was sollen wir jetzt tun? Wieder warten und uns fragen, was mit ihnen ist und ob es ihnen gut geht?", fragte Sarah sich leise und begann zu schluchzen. Da Brendan seine Frau nicht weinen sehen konnte, nahm er sie fest in den Arm und streichelte ihr sanft über den Rücken. „Es wird alles wieder gut", redete er leise auf seine Frau ein. Dann erblickte Valery Pinju, der sich gerade mit einem Crewmitglied unterhielt. „Hey Pinju", rief sie ihm zu. „Ja?" „Hättest du kurz Zeit für mich? Ich glaube, du musst mir mal etwas erklären", sagte sie. „Aber natürlich", erwiderte er, entschuldigte sich und kam zu ihr hinüber. „Was möchtest du denn wissen?", fragte er. Valery überlegte kurz wie sie ihm die Situation erklären sollte. Dann rückte sie gänzlich mit der Sprache heraus. „Hast du eben auch gesehen wie das Schiff, auf dem unsere Söhne waren, einfach so verschwunden ist?" Pinju schaute sie mit großen Augen an. „Verschwunden? Wie verschwunden?" „Sieh dir das mal an", sagte sie eindringlich und deutete auf das große, weite Meer hinaus, auf dem kein weiteres Schiff weit und breit zu sehen war. „Siehst du, was ich meine?" „Ja…..aber wie ist das nur möglich?", fragte er sich vollkommen verwundert. Ihm war regelrecht die Verwirrung ins Gesicht geschrieben. „Das möchte ich gerne von dir wissen", erwiderte Valery schnippisch. „Mein Sohn hat mir gerade etwas zugerufen, als das

Schiff kurz darauf plötzlich vor meinen Augen verschwand. Sag Pinju. Hat dies etwas mit dem Amulett zu tun?" Pinju wusste nicht wie ihm geschah. Auch er hatte keine Antwort auf dieses Ereignis. Außer…..
„Moment mal…..", sagte er schließlich und kratzte sich nachdenklich am Kinn. „Das Amulett ist nicht nur die Karte zum Schatz, sondern auch der Schlüssel zu diesem." „Heißt das etwa, dass unsere Kinder jetzt dort sind, wo auch der Schatz ist?", hakte Valery nach und packte ihn an den Schultern. „Au", beschwerte er sich. „Entschuldige", sagte sie und ließ von ihm ab. „Anders kann ich mir das auch nicht erklären", meinte er nur und ging dann von dannen.
„Hey Valery. Was hast du eben mit ihm besprochen?", fragte Sarah, die sich in der Zwischenzeit wieder gefangen hatte. „Ich habe ihn gefragt, ob er auf das Verschwinden des Schiffes eine Antwort hat", erwiderte sie wahrheitsgemäß. „Und hatte er eine?" „Nein, nicht direkt. Aber er geht davon aus, dass das Verschwinden des Schiffes etwas mit dem Amulett zu tun hat." „Hä? Wie das?", fragte sie verwirrt. „Pinju hat etwas von *Das Amulett ist nicht nur die Karte zum Schatz, sondern auch der Schlüssel zu diesem* gemurmelt." „Dann muss das ja bedeuten, dass unsere Kinder jetzt dort sind, wo der Schatz ist", sagte Sarah entschlossen. „Ja, davon gehe ich auch aus", entgegnete Valery. „Aber was bedeutet das nun für uns?", fragte Ashley verzweifelt. „Sollen wir etwa hier so lange verharren bis sie wieder kommen? Oder uns wieder auf den Weg in Richtung Heimat machen und dort auf sie warten?" Jetzt war es laut ausgesprochen worden. Was nun? Was sollten sie tun? Inzwischen hatte sich jeder der Anwesenden diese

Fragen gestellt, aber keiner war zu einer Antwort gekommen. Schließlich ergriff Luke das Wort, der seit einiger Zeit kaum ein Wort gesagt hatte. „Also ich, und ich denke, meine Frau stimmt mir da zu, wäre dafür, den Weg nach Hause anzutreten. Keiner weiß von uns wie lange sie in der anderen Welt oder wie auch immer dieses Phänomen zu bezeichnen ist, bleiben werden. Vielleicht Wochen oder sogar Monate." „Da bin ich ganz deiner Meinung, Schatz", stand Ashley ihm bei. „Aber was ist, wenn deren Expedition nur ein paar Tage dauert? Sollten wir uns nicht lieber hier in der Nähe einen Unterschlupf suchen?", fragte Sarah. „Aber Sarah. Wir können doch nicht mit Sicherheit sagen, dass es vielleicht Monate, Wochen oder auch nur ein paar Tage dauert", entgegnete Valery ernst. „So weh es auch tut, muss ich Luke recht geben und sollten uns lieber wieder auf den Weg nach Hause machen." „Aber was ist denn, wenn sie sich verlaufen und nicht mehr nach Hause finden? Dann sind wir wenigstens hier und können sie aufgabeln", sagte Sarah flehend. So schnell würde sie die Flinte nicht ins Korn werfen. „Schatz, lass gut sein", sagte Brendan ernst und zerstörte je ihren letzten Funken Hoffnung. „Aber Schatz. Wir sind jetzt schon so weit gekommen. Warum bleiben wir nicht einfach hier?", fragte sie kleinlaut und schaute ihren Mann mit traurigen Augen an. „Weil ich weiß, dass das Warten hier keinen Sinn macht. Wir müssen einfach darauf vertrauen, dass unsere Söhne wieder nach Hause finden." Daraufhin sah man Sarah ganz genau an, dass sie über die Entscheidung sehr unglücklich war. Dennoch willigte sie schließlich ein, nachdem sie zur Erkenntnis gekommen war, dass dies der richtige Weg sein musste. „Okay, ihr habt recht", gab sie schließlich klein bei. „Lasst uns nach Hause fahren und dort auf sie warten."

Jetzt war es endgültig entschieden. Sie würden wieder nach Hause fahren und dort auf ihre Kinder warten, egal wie lange es auch dauern mag. Nachdem Valery Pinju ihre Entscheidung mitgeteilt hatte, machte er sich sofort daran, seiner Crew ihren Kurs mitzuteilen. Wenig später setzte sich das große Schiff in Bewegung und nahm Kurs in Richtung Heimat. Jetzt hieß es für Valery und die anderen: warten, warten, warten.....

Ankunft

Plötzlich befanden sie sich in völliger Dunkelheit. „Wo sind wir hier?", fragte Alex. „Ich glaube, wir durchschreiten gerade das Portal in die andere Welt", antwortete Alandra. Und tatsächlich: Kaum hatte sie den Satz beendet, war die Dunkelheit einem strahlenden Licht gewichen. Auf einmal spürte Alex etwas warmes an seinem linken Oberschenkel. Hastig griff er in seine Hosentasche und zog das Amulett hervor, das grün zu leuchten begonnen hatte. „Seht euch das mal an", sagte Alex ganz aufgeregt und hielt das Schmuckstück empor, damit auch jeder das Phänomen sehen konnte. „Ist ja irre", stieß Leon laut aus. „Ist etwa dieses kleine Ding dafür verantwortlich, dass wir hier gelandet sind?", fragte Norman mit vor Überraschung weit geöffneten Augen. „Gut möglich", sagte Alex nachdenklich und ließ das Amulett langsam sinken. *„Alex, du weißt, dass er recht ja"*, ertönte plötzlich die Stimme von Ramonya in seinem Kopf. „Ramonya!", rief er laut aus. „Was?", fragte Leon bestürzt. „Ramonya ist wieder da", erwiderte er. *„Ich bin schon die ganze Zeit hier und bin dir kein bisschen von der Seite gewichen, Alexander Nightmore"*, meinte das Mädchen. „Aber warum hast du keinen einzigen Ton gesagt oder dich bemerkbar gemacht?", wollte Alex nun von ihr wissen. *„Weil ich gesehen habe, dass du auch ohne mich gut zurecht kommst. Außerdem wäre es für eure Eltern bestimmt ein Schock gewesen, wenn sie plötzlich mich an deiner Seite gesehen hätten."* „Unsere Eltern….", murmelte Alex vor sich hin und schaute zurück. Doch da war kein Schiff mehr, das ihnen folgte. Stattdessen sah er eine verschwommene Wand, die wie eine Fata Morgana in der Luft lag. „Heißt das etwa, dass unsere Eltern sich immer noch auf der anderen Seite befinden und sie nicht wissen, wo wir gerade sind?", fragte Alex das Mädchen. Ramonya nickte nur mit ihrem Kopf. „Aber was passiert jetzt mit ihnen? Was werden sie tun?" *„Das kann ich dir unmöglich beantworten, Alex. Vielleicht werden sie wieder nach Hause gehen, weil sie festgestellt haben, dass das Warten nichts bringt",* erwiderte Ramonya. Jetzt richtete Alex seinen Blick wieder nach vorne und bemerkte, dass Alandra, Leon, Norman und Mira ihn merkwürdig beäugten. „Was ist denn los? Du bist wieder so komisch", sagte Leon. „Es ist alles gut", meinte Alex. „Ramonya ist wieder aufgetaucht." „Wie? Wo ist sie denn?" „Hier neben mir." „AHHHH!!!", schrie Leon laut auf und wich einen Schritt zurück. „Was hast du?", wollte Norman wissen. „Da....da steht ein Mädchen im Kleid", erwiderte Leon stotternd und zeigte auf eine Stelle neben Alex. „Oh, ist das Ramonya?", fragte Norman. Seine Stimme war ganz ruhig. Es war kein Fünkchen Panik herauszuhören. „Heißt das, dass ihr beide sie jetzt sehen könnt?", fragte Alex verwirrt. Leon und Norman nickten. Plötzlich glitt Alex´ Blick zu einem großen Gebäude herüber, das er seit ihrer Ankunft kaum wahr genommen hatte. Es sah wie ein großer Palast aus, der von mehreren kleinen Tempeln umgeben war, und die allesamt mit hellgrünem Schilf bedeckt waren. „Das ist ja unglaublich", sagte er und machte einen Schritt nach vorne, um es noch besser sehen zu können. „Ist dort der Schatz versteckt?", fragte er Ramonya aufgeregt. *„Ja."* „Die Suche nach dem Schatz wird bestimmt so aufregend", sagte Leon freudig. „So, Leute. Wir legen gleich an", sagte Alandra, die direkt auf sie zukam. Kurz darauf spürten sie einen kleinen Ruck. Dann ein lautes Plätschern, das ihnen signalisierte, dass der Anker ins Wasser geworfen worden war. Alex war sofort Feuer und Flamme und war gerade im Begriff das Schiff zu verlassen, als Ramonya ihn zurück hielt. *„Warte bitte kurz, Alex",* sagte sie und schaute ihn eindringlich an. Alex hielt ihrem Blick stand und fragte sich, was sie ihm sagen wollte. *„Bevor du dort hinein gehst, solltest du wissen, dass dieses Abenteuer nicht so leicht sein wird wie du es dir vorstellst"*, sagte Ramonya ernst. „Was meinst du denn damit?", fragte er sie verwirrt. *„In diesem Palast werdet ihr auf einige Hindernisse stoßen, die ihr auf dem Weg zum Schatz bewältigen müsst"*, antwortete sie. „Hindernisse?", fragte Leon, der zusammen mit Mira, Alandra und Norman dem Gespräch gelauscht hatte. „Was für eine Art Hindernisse sollen das sein, Ramonya?", fragte Alandra neugierig. *„Das kann ich euch leider nicht genau sagen. Ich weiß nur, dass dort drinnen welche existieren, um unerwünschte Besucher vom Schatz fernzuhalten."* „Das klingt wirklich sehr interessant", meinte Alandra, und ihre Augen begannen zu leuchten. „Heißt das, du kommst mit, Alandra?", fragte Alex sie. „Aber natürlich. So etwas lasse ich mir doch nicht entgehen." „Dann kommen Mira und ich auch mit", entgegnete Norman. Alex schaute alle der Reihe nach an. Plötzlich tauchte ein breites Grinsen auf seinem Gesicht auf, das alle in seinen Bann zog. „Ramonya, kommst du mit hinein?", fragte Alex sie. *„Aber natürlich werde ich euch begleiten. Was ist das denn für eine Frage?!"*, erwiderte sie und grinste ihn frech an. „Gut. Da ja anscheinend alles geklärt ist, können wir ja los", sagte Leon aufgeregt.

Kurz darauf standen Leon, Alex und Norman zusammen mit den Mädchen vor einem großen, schwarzen Tor. „Na, wer geht als erstes?", fragte Alandra und schaute einen der Reihe nach an. Aber niemand machte Anstalten, den ersten Schritt zu wagen. „Okay. Wenn keiner von euch möchte, dann mache ich es", meinte sie belustigt und legte eine Hand auf die schwere, massige Klinke. Dann begann sie sie Stück für Stück runter zu drücken, was nicht so leicht auszusehen schien. Mit jedem Druck, den Alandra auf die Türklinke ausübte, begann sie immer lauter werdende Geräusche von sich zu geben. Schließlich hatte sie es geschafft, und mit gemeinsamer Kraft konnte endlich die Tür geöffnet werden. „Boah, ist das schön hier", platzte es aus Norman heraus, als er den ersten Schritt ins Innere gewagt hatte. Nach und nach traten auch die anderen ein und blickten sich erstaunt um. Als Norman als erster ins Innere getreten war, loderten plötzlich jeweils links und rechts von ihm Fackeln auf, die einen langen Gang erleuchteten. Die Wände waren allesamt aus hellem Stein erbaut worden. Schaute man zur Decke hinauf, erblickte man pure Dunkelheit. „Na, los. Worauf wartet ihr denn noch?", sagte Alex, der – ohne das sie es bemerkt hatten – vor gelaufen war. „Alex, nicht so schnell. Wir müssen zusammen bleiben", mahnte Alandra ihn und schloss wenig später mit den anderen zu ihm auf. „Ist ja schon okay", sagte er und grinste. Dann setzten sie ihren Weg ins Innere des Palastes fort.

Ängste und Sorgen

„Also, da bin ich wieder", murmelte Valery leise vor sich hin und schaute auf ihr Haus, das sie vor Wochen verlassen hatte, um ihren Sohn zu suchen. Mit langsamen Schritten ging sie auf die Eingangstür zu, steckte den Schlüssel ins Schloss und drehte ihn um. Ein leises Klicken signalisierte ihr, dass sie nun eintreten konnte. Wenig später stand Valery im dunklen Hausflur. Nachdem sie ihr Gepäck abgestellt hatte, tastete sie sich vorsichtig zum Lichtschalter vor, den sie kurz darauf betätigte und den Flur mit hellem Licht flutete. Es sah wie immer aus. Keiner hatte irgendetwas verrückt oder umgeworfen. Dann richtete sie ihren Blick ins Wohnzimmer, in dem noch immer die Vorhänge zugezogen waren. Nur vereinzelte Lichtstrahlen, die von der Abendsonne herrührten, glitten durch den dünnen Stoff hindurch. *Alex*, dachte sie. Plötzlich spürte sie ein paar Tränen, die langsam an ihrer Wange herunter rannen. Sie waren schon so dicht dran gewesen. Aber letzten Endes konnte sie ihn nicht zu sich nach Hause holen, da er auf einmal wie durch Zauberhand verschwunden war. Jetzt konnte Valery nur noch auf seine Worte vertrauen, die er ihr zugerufen hat. *Mama, wir kommen wieder, versprochen.* Nun war sie wieder auf sich alleine gestellt.
Nachdem sie sich endgültig ihres Gepäcks entledigt hatte, setzte sie sich in ihren Sessel und knipste die Leselampe an. Seufzend ließ Valery ihren Kopf gegen die Lehne gleiten und schaute an die Decke. *Wo sie wohl sind?*, fragte sie sich. Schließlich nahm sie das Buch zur Hand, das neben ihr auf einem kleinen Hocker lag und

begann zu lesen. Heute war ihr letzter Abend, den sie gemütlich zu Hause verbringen würde. Denn morgen rief schon ihre Arbeit, die sie hoffentlich auf andere Gedanken brachte.

Während Valery friedlich in ihrem Sessel saß und in ihrem Buch las, saßen Sarah und Brendan am Küchentisch und starrten sich gegenseitig an. Sarah hatte den erneuten Verlust ihres Sohnes schlimmer getroffen, als ihren Mann. Brendan vertraute darauf, dass sein Sohn zu ihm zurück kam. „Wir hätten ihn kriegen können. Warum ist er denn jetzt nicht hier?", sagte sie leise. „Das kann ich dir auch nicht sagen. Wir müssen nun darauf vertrauen, dass er zurück kommt", erwiderte er und schaute ihr genau in die Augen. „Wie kannst du nur so locker bei der Sache bleiben?", fragte Sarah ihn schluchzend. „Wir haben einen so weiten Weg auf uns genommen – für nichts!" „Das stimmt doch gar nicht, und das weißt du auch", rückte Brendan sie zurecht. „Wir können froh darüber sein, dass es ihm gut geht. Ihm hätte es auch richtig schlecht gehen können." Danach herrschte Funkstille. Jeder hing seinen eigenen Gedanken nach. „Du hast recht", gestand sich Sarah schließlich ein. „Unserem Sohn geht es gut und wird wieder heile zurück kommen, so wie Alex es gesagt hat." „So kenne ich meine Frau", meinte Brendan belustigt. „Aber trotzdem würde ich schon gerne wissen, wo die drei jetzt sind", sagte sie und schaute ihren Mann entschlossen in die Augen. „Ich glaube, dass würde jeder von uns gerne wissen." „Dennoch sollten wir jetzt nicht damit anfangen, Trübsal zu blasen, sondern einfach nach vorne schauen und daran glauben, dass Norman eines

Tages wieder vor unserer Tür steht", sagte Brendan und nahm ihre Hände in seine. Entschlossen nickte sie ihm zu. *Ja, er wird wieder kommen. Da bin ich mir ganz sicher*, dachte sie sich. Nun hieß es erstmal warten. Warten, auf das, was noch kommen mag.

„Hast du gesehen wie er ausgesehen hat?", fragte Ashley ihren Mann. „Ja, natürlich habe ich das gesehen", erwiderte Luke schroff. „Aber was willst du mir damit sagen?" „Findest du es denn nicht auch merkwürdig, dass er sich so dermaßen verändert hat? Bevor er verschwunden ist, sah er noch ganz anders aus. Jetzt ist er irgendwie reifer…..erwachsener", versuchte Ashley sich zu erklären. „Liebling, ich denke, du machst dir einfach viel zu viele Gedanken darüber", redete Luke sanft auf sie ein. „Gut möglich...", sagte sie leise und richtete ihren Blick nach unten. „Ach, Schatz", sagte er leise und nahm sie in die Arme. „Weißt du wie ich darüber denke, warum Leon jetzt so aus sieht?" Ashley hob ihren Kopf und schaute ihrem Mann direkt in die Augen. „Ich denke, dass dieses Abenteuer ihn mit seinen Gefahren und Erlebnisse reifer wirken lässt." „Meinst du wirklich?", fragte sie leise und löste sich aus seiner Umarmung. „Ja, das denke ich wirklich." Danach wurde es ruhig im Haus. Niemand sprach ein Wort. Nur die abendlichen Vogelgesänge drangen zu ihnen hinein. Plötzlich fiel ihr wieder ein, was Alex zu Valery gesagt hatte. *Mama, wir kommen wieder, versprochen!*, hallte es durch ihren Kopf. „Schatz, denkst du, dass Leon auch wieder zu uns zurück kommt?", fragte Ashley vorsichtig. „Ja, natürlich tut er das", antwortete Luke bestimmt. Nachdem sie noch eine Weile ausgiebig über ihre

Erlebnisse gesprochen hatten, verfrachteten sie ihr Gepäck ins Schlafzimmer. Danach begaben sie sich beide ins Wohnzimmer, wo sie sich aufs Sofa setzten und die untergehende Sonne beobachten. „Was sie wohl machen?", fragte sie leise. „Was meinst du Schatz, wo sie sich gerade befinden?" Ohne ein Wort darüber zu verlieren, genoss Luke die allerletzten Sonnenstrahlen. Nachdem die Sonne komplett untergegangen war erwiderte er: „Ich glaube ganz fest daran, dass ihr Verschwinden mit dem Amulett zu tun hat und sie sich auf die Suche nach dem größten Schatz ihres Lebens aufgemacht haben." „Von was für einem Amulett sprichst du?", fragte Ashley verwirrt und schaute ihrem Mann ganz tief in die Augen. „Hast du etwa schon vergessen, was uns die schwarz gekleideten Männer gesagt haben?", fragte er verstört. „Schatz, ich war doch gar nicht dabei", erwiderte sie forsch. „Ah ja. Stimmt", gab Luke schließlich zu. „Aber warte mal....haben wir das nicht ausführlich auf dem Schiff besprochen, nachdem wir wieder an Bord waren?", fragte er nachdenklich. „Hm....stimmt. Du hast recht. Dann muss ich es wohl vergessen haben. Also meinst du, dass das Amulett für ihr Verschwinden verantwortlich ist?" „Anders kann ich mir das jedenfalls nicht erklären", meinte Luke. Danach saßen sie noch eine Weile stumm nebeneinander und starrten gedankenverloren auf Leons Fotos, die ihn als kleinen Buben zeigten. Anschließend gingen sie zu Bett. Morgen würde der Alltag sie wieder in Besitz nehmen. Aber, ob sie das Erlebte einfach so verstecken konnten, blieb ungewiss.

Das Ziel ist erreicht

Als die drei Freunde abermals einen langen Gang passiert hatten, standen sie erneut vor einer großen, massiven Tür. „Was meint ihr? Was verbirgt sich wohl hinter dieser Tür?", fragte Norman mit aufgeregter Stimme. „Vielleicht ja endlich der Schatz", sagte Alex mit glitzernden Augen. „Oder aber auch einen weiteren Gang, der dieses Mal mit ein paar Fallen bespickt ist", entgegnete Alandra ernst. „Bist du dir sicher?", fragte Alex. „Wer weiß. Aber wenn ich mich nicht recht täusche, hat Ramonya dir doch gegenüber so etwas erwähnt, oder nicht?" „Stimmt", meinte er und kratzte sich am Kinn. „Deswegen sollten wir den nächsten Schritt mit äußerster Sorgfalt angehen", mahnte Alandra sie. Dann trat Mira hervor, drückte die massive Klinke herunter und versuchte die Tür zu öffnen – vergeblich. „Jungs, packt mal mit an." Und zusammen schafften sie es einen der Flügel vorsichtig zu öffnen. „Wo sind wir denn hier gelandet?", fragte Leon, der den ersten Schritt gewagt hatte und nun in einer großen, runden mit Fackeln beleuchteten Halle stand. Es war ein wunderschöner Anblick. Die ganze Halle war vom Licht der Fackeln erhellt und ließen die Wände in einem funkelnden Gold erstrahlen. „Das sieht ja fast so aus wie...", murmelte Alex leise vor sich hin. *„Ja, du hast recht. Es sieht fast so aus wie das Kellergewölbe, in dem du mich gefunden hast"*, ertönte Ramonyas Stimme ganz dicht neben ihm. „Hier fehlen bloß die Treppen und die Gemälde", vervollständigte Alex seinen Gedankengang. Nun erblickte er direkt vor ihnen drei unterschiedlich große Türen, die sie zu jeweils unterschiedlichen Räumen führen mussten. Auf der rechten Seite befand sich eine kleine Tür, während sich auf der linken Seite eine große befand. In der Mitte stach eine normal große Tür heraus, die jetzt Alex´ ganze Aufmerksamkeit auf sich zog. „Seht mal", sagte er und deutete auf die mittlere Tür. „Was ist damit?", fragte Leon. „Na, sieh doch mal genau hin. Kommt dir das nicht auch ein bisschen komisch vor?" „Ah, jetzt weiß ich, was du meinst", sagte Alandra und trat an seine Seite. Leon hingegen trat immer noch auf der Stelle und wusste nicht, was Alex ihm damit sagen wollte. „Kann dies eine der Herausforderungen sein, von der Ramonya gesprochen hat?", fragte Mira und trat einen Schritt vor. „Stimmt. Du könntest damit recht haben", entgegnete Alex. „Leute, kann mich hier jemand mal aufklären? Was soll denn an den drei Türen komisch sein?", hakte Leon energisch nach. „Schau dir die Türen doch mal ganz genau an", sagte Alex mit einer kleinen Spur Aufregung in der Stimme. „Was fällt dir auf?" Nun trat er ebenfalls einen Schritt vor und schaute sich alle Türen ganz genau an. „Die Reihenfolge ist irgendwie komisch", murmelte Leon schließlich leise in sich hinein. „Richtig", bestätigte Alex, der ihn trotz seiner Murmelei gehört haben musste. „Eigentlich müsste die große Flügeltür in der Mitte und die anderen beiden jeweils rechts und links von ihr sein", meinte Alex. „Und was sagt uns das?", fragte Alandra grinsend in die Runde. „Dass der Schatz, wenn dort einer sein sollte, hinter der mittleren Tür zu finden ist", meinte Norman gelassen. „Ganz genau", erwiderte Alandra. „Ich bin mir nämlich ziemlich sicher, dass dies die Aufgabe ist, um weiter zu kommen. Nicht wahr, Ramonya?" *Ich bin mir nicht sicher, was dies zu bedeuten hat, aber ich glaube, dass du mit deiner Vermutung richtig liegst"*, sagte das Mädchen, das direkt neben Alandra schwebte. „Gut, dann nichts wie los", sagte Alex aufgeregt. Man konnte in seinem Gesicht ganz deutlich erkennen, dass er Feuer und Flamme war. Auch Norman und Leon konnten es kaum noch erwarten den lang ersehnten Schatz in den Händen zu halten. Mit zögernden Schritten gingen sie auf die Tür in der Mitte zu. „Ich habe irgendwie ein ungutes Gefühl dabei", sagte Mira und blieb etwas abseits von den anderen stehen. Nun drehten sich alle Köpfe zu ihr um. „Was hast du?", fragte Alandra sanft. „Ich weiß nicht, aber ich glaube, dass sich hinter dieser vermeintlich leichten Aufgabe eine Falle verbirgt", erwiderte sie und schaute alle durchdringend an. „Was sollen wir dann stattdessen tun?", fragte Norman irritiert. „Nochmal darüber nachdenken, ob diese Tür zu 100% die richtige ist." „Meinst du, dass uns dieses Spiel gleichzeitig in die Irre führen könnte?", wollte Alandra nun von ihr wissen. Mira nickte. „Ramonya, wie siehst du die Situation?", fragte Alex das Mädchen. *„Um ehrlich zu sein, kann ich sie sehr schwer einschätzen. Zum einen könnte sie recht haben, aber zum anderen könntet ihr mit der mittleren Tür richtig liegen"*, erwiderte sie. „Dann bleibt uns wohl nichts anderes übrig, als es auf uns zukommen zu lassen", meinte Alandra. „Sehe ich ganz genauso", entgegnete Alex und ging zielstrebig auf die mittlere Tür zu. Zögernd legte er eine Hand auf die Klinke. Dann drehte er sich zu den anderen herum und schaute sie alle ganz gespannt an. „Soll ich es tun?" Darauf folgte ein stummes Nicken. Mit pochendem Herzen drehte sich Alex wieder der Tür zu und drückte die Klinke herunter. Alle drehten sich um, in der Hoffnung, dass sie mit dieser

Aktion keine Falle ausgelöst hatten. Da das Geräusch eines herunter sausenden Hammer ausblieb, drehten sich alle Köpfe wieder Alex zu, der mit angehaltenem Atem vor der Tür stand. „Ich werde diese Tür jetzt öffnen", sagte er und unterstrich seine Aussage mit einem kräftigen Nicken.

In dem Raum (oder was auch immer das sein mochte) war es so dunkel, dass sie noch nicht einmal ihre Hände vorm Gesicht sehen konnten. „Was ist passiert? Wo sind wir hier?", fragte Alex verstört. „Ich weiß es nicht", erwiderte Ramonya, die zum allerersten Mal ratlos zu sein schien. „Gibt es hier denn keine Fackeln?", ertönte Normans Stimme direkt neben ihm. „Eine gute Frage." „Alex, Leon, Norman. Geht doch mal ein paar Schritte vor", sagte Alandra, die mit jeder verstrichenen Minute ungeduldiger wurde. Die drei Freunde machten wie geheißen ein paar Schritte nach vorne. Doch leider blieb die gewünschte Reaktion aus. „AAAAHHHH!!!!", schrie Mira plötzlich laut auf. „Was ist passiert? Miraaaa", rief Norman laut aus. „Ich glaube, ich bin auf irgendetwas drauf getreten", antwortete Mira, die nicht unweit von ihm stehen musste. Auf einmal hörten sie ein lautes Rumpeln, das ganz in ihrer Nähe stattfand. „Was geschieht hier? Warum können wir immer noch nichts sehen?", fragte Alex mit leiser, panischer Stimme. *Ich kann es dir auch nicht sagen. Aber vielleicht hilft es uns weiter, wenn wir noch ein paar Schritte gehen"*, sagte Ramonya, die wie alle anderen nicht wusste, was hier vor sich ging. „Vielleicht keine schlechte Idee", sagte Alandra. „Schließlich haben wir hier nichts zu verlieren, sondern nur zu gewinnen." „Okay, dann mal los!", sagte Alandra und trat einen Schritt vor. Als daraufhin nichts ungewöhnliches geschah, folgten ihr die anderen. „Hey, seht euch das mal an. Das gibt es doch nicht", rief Leon plötzlich laut aus." „Was ist?", wollte Alex von ihm wissen. „Da sieh doch!" Und auf einmal wurde ihm bewusst, auf was Leon da deutete. Direkt neben ihm hatte sich eine Glaswand aufgetan, die die Sicht in den linken Nebenraum ermöglichte. „Aber.....aber wie ist das nur möglich?", fragte Alex. „Ich weiß es nicht", erwiderte Alandra, die genauso sprachlos war wie alle anderen. Alle Blicke waren nun auf die vielen Berge aus Gold geheftet, die ihre Umgebung in leuchtend helles Gelb erschienen ließ. „Dann hätten wir doch von Anfang die linke Tür nehmen sollen", sagte Norman zerknirscht. „Ja, stimmt schon", gab Alex zu. „Aber was wäre denn passiert, hätten wir es getan?", fragte er in die Runde. „Keine Ahnung", meinte Leon tonlos. „Siehst du. Vielleicht wären wir jetzt reich oder irgendwo runter gestürzt. Deswegen bin ich lieber auf Nummer sicher gegangen." „Jetzt ist nicht der richtige Zeitpunkt, um sich zu streiten", sagte Alandra ernst. „Wir sollten erstmal schauen, ob wir zurückkommen, und falls nicht wie es hier für uns weiter geht." „Ich gehe mal schauen, ob wir wieder raus kommen", sagte Mira und verschwand in de Dunkelheit. „Ich hoffe es sehr", sagte Norman.

„Fehlanzeige", sagte Mira, die kurz darauf wieder zu ihnen gestoßen war. „Dann heißt es wohl oder ubel, dass wir uns einen Weg hier heraus suchen müssen", meinte Alandra. „Ja." „Gut. Es hilft nun alles nichts. Dann werden wir uns jetzt langsam mal auf den Weg machen müssen." Und so geschah es: Immer den Blick zur Wand gerichtet, schritten sie den Gang entlang, der sich vor ihnen erstreckte.

Schließlich erreichten sie das Ende des Ganges, an dem erneut eine Tür auf sie wartete. Im ersten Augenblick sah sie genauso aus wie am Anfang des Ganges. Doch dann bemerkte Mira als erstes, was daran nicht stimmte. „Wofür ist denn das Zahlenfeld? Müssen wir etwa einen Code knacken?", fragte sie und deutete mit einem Finger auf einen Ziffernblock, der links neben der Tür in die Wand eingelassen war. „Oh nein", sagte Alex seufzend und starrte auf die vielen Zahlen, die er vor sich sah. Mit dem Auftauchen des Ziffernblocks und der Tatsache, dass sie anders nicht mehr weiter kamen, war das Gefühl der Abenteuerlust und der Aufregung verschwunden. Nun herrschte in ihm nur noch das Gefühl versagt zu haben. „Nicht aufgeben. Wir werden auch diese Hürde nehmen", versuchte Alandra ihn aufzumuntern. „Aber wie sollen wir das denn anstellen?", fragte Alex tonlos. „Wir haben doch noch nicht einmal einen Anhaltspunkt für den Code." „Oh doch. Den haben wir", sagte Alandra bestimmt. „Bist du dir da sicher?" „Absolut!" Jetzt schauten alle Alandra ganz gespannt an und warteten darauf, was als nächstes kommen würde. „Weißt du, wann deine Großeltern geheiratet haben, Ramonya?", fragte sie den Geist. *„Wie?"*, fragte das Mädchen vollkommen überrumpelt. „Weißt du, wann deine Großeltern geheiratet haben?", wiederholte Alandra ihre Frage. Ramonya schaute sie verdutzt an. „Warum willst du das denn unbedingt wissen?", fragte Leon. „Na, liegt das nicht auf der Hand? Es sind doch die Schätze ihrer Großeltern. Deswegen bin ich der festen Überzeugung, dass der Code etwas mit ihnen zu tun haben muss." „Ah, jetzt weiß ich, worauf du hinaus willst", sagte Mira aufgeregt. Doch dann wurde sie auf einmal still und kratzte sich am Kinn. Dabei sah sie wie ein Detektiv aus, der über einen Fall grübelte. „Ich glaube aber nicht, dass es etwas mit ihrer Heirat zu tun hat. Eher mit einem Geburtsdatum der beiden", nuschelte sie vor sich hin. *„Dann versuch es doch mal mit der Kombination* 1-9-6-5", sagte Ramonya langsam. „Okay." Dann bahnte sie sich einen Weg durch die Umstehenden und gelangte schließlich zum Ziffernblock. Aufgeregt hob sie einen Finger und begann eine Ziffer nach der anderen ins Feld zu tippen. Danach drückte sie den grünen Knopf, der sich in der rechten Ecke des Ziffernblocks befand und wartete. Kurz darauf ertönte auf einmal ein kleines Piep und der kleine Bildschirm wurde grün. „Du bist ja unglaublich, Mira", sagte Norman und umarmte sie vor Freude. Durch den kleinen Erfolg aufgeputscht, stürmte Alex nach vorne und drückte die Klinke herunter. „Tadaaa", sagte er fröhlich und schob die Tür ganz weit auf. Plötzlich war es so hell geworden, dass sie ihre Hände heben mussten, um ihre Augen vor dem gleißend hellen Licht zu schützen. „Aber woher kommt denn das helle Licht auf einmal?", stellte Norman die Frage, die sich in diesem Moment alle stellten. „Kann es sein, dass dieser Gang ein Zubringer zum Schatz ist?", fragte Alandra Ramonya. *„So wie es aussieht ja",* antwortete sie. Dennoch konnte man in ihrem Gesicht genau erkennen, dass sie wie alle anderen über die Entwicklung der Ereignisse überrascht war. „Dann nichts wie los", sagte Alex bestimmt und rannte los. „Hey warte", brüllte Leon und rannte ihm hinterher. Danach folgten ihnen Norman und die Mädchen.

Während sie rannten, machte der Korridor plötzlich einen Schlenker nach links, und auf einmal standen sie vor dem größten Schatz, den sie jemals gesehen hatten. „Das ist ja unglaublich", sagte Alex und konnte sich an dem vielen Gold nicht satt sehen. „Ach, ist das schön", sagte Mira und hielt eine große, goldene Kette mit einem roten Edelstein empor. „Und seht mal hier", sagte Alandra, die einen kleinen Kompass hoch hielt. *„Ihr könnt die Sachen gerne mitnehmen"*, sagte Ramonya. „Echt?", fragten Alandra und Mira im Chor. *„Aber natürlich. Schließlich habt ihr mir geholfen das Vermächtnis meiner Familie zu bewahren"*, erwiderte das Mädchen fröhlich. „Aber das haben wir doch gerne gemacht, Ramonya. Nicht wahr, Jungs?" „Jaa!", kam es von Alex, Leon und Norman wie aus der Pistole geschossen. *„Das ist so nett von euch"*, sagte sie gerührt. „Ramonya, wie kamen deine Großeltern eigentlich zu diesem großen Vermögen?", fragte Alandra sie neugierig. „Ja, wie war das noch gleich....", sagte sie und schaute wie in Trance auf den großen Berg Gold, der sich direkt vor ihnen befand. „Ich meine mal gehört zu haben, dass sie gute Händler waren und alles zu Gold machten, was ihnen in die Finger kam. Na jam und mit den Jahren kam so einiges zusammen." „Deine Großeltern müssen echt tolle Menschen gewesen sein", sagte Mira mit geschwellter Brust. „Ja, das waren sie."
So schön der Anblick des vielen Goldes auch war, umso trauriger wurde es, als ihnen klar wurde, dass ihre Zeit hier abgelaufen war. Schließlich fragte Mira vorsichtig: „Ramonya, wie kommen wir denn am besten hier wieder raus?" *„Wenn ihr diesen Raum durchquert, müsstet ihr zu einer Tür kommen, die ihr ganz leicht öffnen könnt.*

Sobald ihr durchgegangen seid, müsste es für euch ein leichtes sein, wieder hieraus zu kommen", antwortete sie. „Und was ist mit dir?", fragte Alex erschrocken. „Kommst du gar nicht mit?" Nun drehten sich alle Köpfe zu Ramonya um. *„Nein"*, antwortete sie traurig. „Aber warum denn nicht?", wollte Alandra von ihr wissen. *„Weil mich in der anderen Welt nichts mehr hält. Hier habe ich die meisten Erinnerungen an meine Großeltern, die ich leider nicht mehr kennenlernen konnte."* „Ich kann dich sehr gut verstehen, Ramonya", sagte Alandra leise und schaute zu Boden. „Mich hält auch nichts mehr bei meinem eigentlichen Zuhause. Mein Zuhause ist jetzt das Meer, auf dem ich echt sehr glücklich bin." „Ramonya....", sagte Alex leise. Dann merkte er plötzlich wie kleine Tränen an seiner Wange herunterrannen. *„Sei doch nicht so traurig, mein kleiner. Wir können uns doch immer wiedersehen"*, sagte sie. „Wie....wie meinst du das?" *„Na hör mal. Wir sind durch das Amulett verbunden. Du kannst jeder Zeit mit mir Kontakt aufnehmen, wenn du das möchtest."* „Echt? Das wusste ich gar nicht", sagte er glücklich und war gerade im Begriff sie zu umarmen, als er bemerkte, dass sie gar kein Mensch war. „Wir sind dir für alles unendlich dankbar, Ramonya", sagte Alandra freudig. *„Ich denke, ihr solltet jetzt wirklich los"*, sagte sie und bedeutete sie zu gehen. „Mach es gut, Ramonya. Das Abenteuer mit dir werde ich niemals vergessen", sagte Alex und wandte sich zum Gehen. „Wartet kurz", sagte er und drehte sich ein letztes Mal zu dem Mädchen um. „Ist es richtig, dass uns das Amulett wieder von hier weg bringt?" *„Ja."* „Ich danke dir." Nachdem er noch einen allerletzten Blick auf Ramonya geworfen hatte, folgte er den anderen hinaus aus der riesigen

Schatzkammer.

„Es ist irgendwie schade, dass sie nicht mehr bei uns ist, nicht", sagte Alex, als sie wieder auf dem Schiff waren. „Ja. Aber man sollte immer die Wünsche der anderen respektieren und sie so leben lassen wie sie es möchten", sagte Alandra traurig. Es war unschwer zu erkennen, dass sie ebenfalls unter dem Abschied von Ramonya litt. „Na ja, jetzt geht es erst einmal wieder nach Hause, wo unsere Eltern schon sehnsüchtig auf uns warten", sagte Leon.
Mithilfe des Amuletts gelangten sie wenig später an den Ursprungsort zurück, von dem aus sie gestartete waren. Plötzlich erkannten sie auf der linken Seite die Insel „Chrystal Island" wieder, von der aus sie in ihr neues Abenteuer gestartet waren. „Dort war es richtig schön", sagte Leon und seufzte. „Ja", pflichte Alex ihm bei. „Durch diese Insel habe ich erst gemerkt, was wirklich in mir steckt und was ich noch aus mir herausholen kann", sagte Alex. Während sie in Richtung Heimat segelten, fragten sie sich, was sie wohl als nächstes machen würden. Würden sie überhaupt normal zur Schule gehen können? Wie wird es wohl sein, wieder mit ihren Familien zusammen zu leben? Diese und viele weitere Fragen spukten durch ihre Köpfe, als sie drei Tage später die Insel erreichten, von der aus Normans und Alex´ erstes und richtiges Abenteuer begonnen hatte. „So, da sind wir also", sagte Alandra. „Ja", sagte Alex traurig und umarmte sie in Hüfthöhe. „Ich werde euch sehr vermissen", sagte sie leise und streichelte ihn sanft über den Kopf. „Und wir dich erst", sagte Mira, die in der langen Zeit eine echt gute Freundin für Alandra

geworden ist. „Gut. Dann holt mal eure Sachen", sagte sie schließlich streng und ließ Alex los.

Wie geheißen traten sie unter Deck, um ihre Sachen zusammen zu packen. Während die drei Freunde und Mira ihre Sachen zusammen klaubten, wurde Leons Aufmerksamkeit plötzlich auf die Pistole gerichtet, die er vor nicht allzu langer Zeit, von Snowby erhalten hatte. In diesem Augenblick wurde ihm klar, was er als nächstes tun würde – aber nur er allein. Nachdem er sich sicher war, das dies sein nächster Schritt werden würde, packte er entschlossen seine restlichen Sachen zusammen und begab sich mit den beiden anderen wieder an Deck. Dort gab es noch einmal einen tränenreichen Abschied von Alandra und der Crew, ehe sie sich zur letzten Etappe aufmachten. „Vielleicht sehen wir uns ja irgendwann mal wieder", rief sie ihnen hinterher. „Bestimmt", erwiderte Alex und winkte ihr zum Abschied zu. Dann drehte er sich wieder um und schritt von dannen.

Kurz darauf sahen sie auch schon das Schiff vor Anker liegen, das sie zu der Bucht und somit zu dem Ort bringen würde, von dem aus sie in ihr großes Abenteuer gestartet sind, das sie je erlebt hatten.

„Aber natürlich kann ich das tun", sagte Ramon, als Norman ihn um den Gefallen bat, sie wieder mit zur Herberge zu nehmen. „Dann kommt mal an Bord." Und dann war es auch schon so weit. Kaum hatten sie das kleine Boot betreten, ging es auch schon los. Während der Überfahrt standen Leon, Norman, Alex und Mira an der Reling und ließen ihr Abenteuer review passieren. „Es war schon echt krass, was wir alles erlebt haben", sagte Alex. „Ja. Kaum vorstellbar, dass unser Abenteuer mit dieser Bucht begonnen hat", entgegnete Leon und

deutete zu einem großen Felsen hinüber. „Oh nein.
Eigentlich sollte es ein ganz normaler Urlaub in den
Herbstferien werden. Aber daraus wurde nichts, weil uns
unsere Neugier nach draußen gezogen hat. Wisst ihr
noch?", sagte Norman gedankenverloren. „Wer hätte je
gedacht, dass es so enden würde", sagte Alex seufzend.
Wenig später verließen sie schweren Herzens das Schiff
wieder und machten sich zu Fuß auf nach Hause.
Während ihres Marsches tauschten sie sie sich
gegenseitig über ihre Erlebnisse aus und dachten
darüber nach, was passiert wäre, wenn es es ganz
anders verlaufen wäre. Je länger sie unterwegs waren,
desto dunkler wurde es. Schließlich erreichten sie in
tiefster Nacht und vollkommen erschöpft Rockswill. „Da
sind wir....wieder", keuchte Alex und hielt sich an einem
Laternenpfosten fest. „Nur noch ein paar Schritte", sagte
Mira, die ebenfalls aus der Puste war.
Nachdem sie sich einigermaßen gefangen hatten, gingen
sie weiter. „So, ich muss dann hier lang", sagte Alex und
deutete nach links den Weg hinunter. „Wir sehen uns
dann in der Schule wieder", sagte Leon und gab seinem
Freund einen Highfive. „Norman, du bist echt ein klasse
Freund", wandte sich Alex lächelnd an ihn. „Danke, du
auch", erwiderte er ebenfalls lächelnd. „Ich denke, ich
gehe jetzt besser", mischte sich Mira ein und wandte sich
schließlich zum Gehen. „Warte", meinte Norman und
folgte ihr wenig später. Nun waren nur noch Leon und
Alex über, die stumm da standen, während Insekten ihre
Kreise um die Laternen zogen. „Ich denke, ich werde
dann auch mal gehen", sagte Leon schließlich. „Ist gut",
meinte Alex und machte sich als erstes auf den Weg.
Leon schaute ihm so lange hinterher, bis er schließlich

hinter einer Abbiegung verschwunden war. Danach setzte er sich entschlossenen Schrittes in Bewegung. Während er einen Fuß vor den anderen setzte, waren seine Gedanken nicht etwa bei seinen Eltern, Freunden oder der Schule, sondern bei etwas ganz anderem. Er würde nicht so weiterleben wie seine Freunde. Er würde auch nicht zur Schule gehen – oder vielleicht doch? Aber in einer Sache war er sich zu 100% sicher. Irgendwann würde er die Pistole benutzen, die sich in diesem Augenblick im Rucksack befand! Egal, wie die anderen darüber dachten oder sagten. Leon fühlte sich bereit dazu und freute sich schon sehr darauf. Mit einem gestärkten Selbstbewusstsein ging er entschlossenen Schrittes seinen Eltern entgegen, die ihn schon sehnsüchtig erwarteten.

Ende!!

Danksagung

Vielen, vielen Dank, dass du dieses Buch bis zur allerletzten Seite gelesen hast. Denn das bedeutet mir unglaublich viel, da es dir bestimmt gut gefallen hat.

In dieser kleinen Danksagung möchte ich zuallererst meinen Eltern danken, die mich sowohl bei dem ersten, als auch bei diesem Buch tatkräftig zur Seite standen. Aber das sind nicht die einzigen Personen, die mir bei den Büchern geholfen haben.

Da wäre zum Einen meine liebe Webdesignerin Franziska Koblitz, die für mich eine wunderbare Homepage (https://www.sabrina-michalek.de/) erstellt hat. Und zum Anderen wären da noch meine liebe Coverdesignerin Andra Stahlbaum. Sie ist nämlich für die wunderbaren Cover zuständig, die einfach nur grandios geworden sind.

Zu guter letzt kommt noch mein lieber Autorenkollege Marvin Bittner ins Spiel, der für mich das Layout und Lektorat übernimmt.

Hätte ich all diese wunderbaren Menschen nicht um mich herum, wäre ich nicht dort, wo ich heute bin. Deswegen gebührt euch an dieser Stelle ein ganz großer Dank, der von Herzen kommt.

Falls du etwas über mich oder die Bücher wissen möchtest, kannst du mir gerne eine Mail unter sabrina_michalek89@web.de hinterlassen, die ich sehr gerne beantworte.

Bis dahin. *Sabrina Michalek*